ラ・テンペスタ

水原とほる
Tohru Mizuhara

LUNA NOVELS

Illustration

葛西リカコ

CONTENTS

ラ・テンペスタ

◆◆

暗い雲が空に広がっていた。心に不安をかき立てるような雲だった。

（雨になるのかな……？）

その日、大学から戻ってくる途中、表通りのバス停からマンションまでの道を歩きながら、孝義《たかよし》はふと西のほうの山を見上げて思った。

その瞬間、淀んだ雲の奥に微《かす》かな稲光《いなびかり》が見えて、ビクリと身を震わせる。それは厚い雲の後ろで光っていたため、偶然空を見上げていた者しか気づくことはなかっただろう。

古都の春は華やいで、その雅《みやび》な桜を眺めに多くの観光客がやってくる。夏の祇園祭《ぎおんまつ》り、秋の紅葉《こうよう》も賑《にぎ》わうが、春は人々の心まで花の蕾《つぼみ》のようにほころんでいく気がするのだ。

そんな卯月《うづき》の昼下がり、孝義だけはなぜか心落ち着かない気分で古都独特の細い道に入る。マンションはもうすぐそこだ。気がつけば早足になっていた。

雨が降り出す前に帰りたい。そんな気持ちだった。でも、それだけじゃない。何か不穏なものがこの路地に入り込み、自分を追ってくるような気がしたのだ。

マンションのエントランスが見えた。町並みの景観を崩さないために建物には厳しい高さ制限があり、孝義が住んでいるマンションも四階建てだった。エレベーターがないので、四階の住人は荷物が重いときは大変だろうが、二階に暮らしている分にはそれほど不自由はない。

エントランスに入って、雨に追いつかれなかったことに安堵《あんど》する。そして、いつものようにオートロックのドアを開ける前に、横にある集合郵便受けを確認していたときだった。

背後に人の気配がして、ハッと孝義は振り返った。

（え……っ？）

足音も何もしなかったのに、そこには一人の男が立っていた。この季節にはあまり相応《ふさわ》しくない、深い緑色のシャツと黒いスーツを身に着けた長身の男だ。ネクタイは締めていない。

その男を見て孝義がビクリと体を震わせたのは、このマンションの住人でなかったからではない。男から漂う雰囲気がいささか奇妙だったのだ。

一見整った顔をしているのだが切れ長の目は三白眼《さんぱくがん》気味で異様に眼光が鋭く、細い鼻梁《びりょう》と薄い唇はどこか冷酷な影がある。また、やや猫背で立っている姿は陰鬱《いんうつ》そうだった。

短い黒髪が春の風に嬲《なぶ》られたのか、前髪だけがわずかに乱れている。それを男が自分の指でそっとかき上げたとき、孝義は彼がちゃんと生きている人間なのだとわかってなぜかホッとした。

馬鹿げているかもしれないが、黒ずくめの男が暗い表情で音も気配もなく立っていたので、一瞬この世のものではないのかと思ったのだ。

マンションの住人でなくても、誰かを訪ねてきた客かもしれない。孝義は会釈《えしゃく》を一つして、そそくさと郵便受けから封書やＤＭをかき集めてその場を去ろうとした。

「久しぶりだな」

男がいきなり口を開いたかと思うと、孝義のほうを見てそう言った。

「え……っ？」

自分の知り合いだっただろうか。まったく覚えのないその特徴的な顔と雰囲気に戸惑いを覚える。しかし、男は真っ直ぐに孝義を見つめている。

「あの、どちら様でしょうか？　人違いでは……？」

「生野《しょうの》孝義だろう。もう大学三年か。早いものだな」

孝義の名前を口にしたその男の言葉で、自分の子どもの頃を知っている人間らしいとわかった。だが、親戚筋というわけではないので、おそらく父の知り合いだろう。それなら、男のいでたちもなんとなく理解できる。

父親の仕事関係の人間が孝義を訪ねてくるなど、極めて珍しいことだ。そのとき、ある恐ろしい予感が脳裏を過《よ》ぎり、孝義は思わず警戒心をあらわにして人けのないエントランスで身を引いた。

「心配するな。おまえの命を狙《ねら》いにきたわけじゃない。おまえを守りにやってきただけだ」

「ぼ、僕を守る……？　どういう意味ですか？」

孝義の不安が簡単に消えることはなく、男の言葉もにわかに信じられなかった。それほどに彼から漂う空気はどこか不穏だったのだ。すると、男はその様子を見て微かに唇を歪《ゆが》めて笑う。

「俺はおまえを傷つけたりしない。そんなこと、するわけがないさ。そう、やっと会えたんだからな……」

そのとき、ざぁっという音が耳に届き、外を見ると空が辛抱できなくなったかのように激しい雨を降らせていた。建物の中にいても耳を塞《ふさ》ぎたくなるような雷鳴《らいめい》が響いてくる。次の瞬間、稲光が走り男と孝義の顔を一瞬だけ明るく照らす。

それは典型的な春の嵐だった。そして、その男がやってきたときから、孝義の運命もまた文字どおり嵐に呑み込まれたのだった。

「宮城文雄《みやぎふみお》という。東京《とうきょう》でいろいろと問題が起きていて、親父《おやじ》さんからおまえの警護を頼まれた。これから外出のときは必ず見張らせてもらう。自宅にいるときも定期的に連絡を取って、無事を確認させてもらうことになるからそのつもりで」

宮城と名乗った男は強引に孝義に案内させる格好で部屋に入ってくると、前置きもなくそう言った。

孝義にはわけがわからなかった。いや、本当は思い当たることがなくもない。ただ、あまりにもいきなりすぎて事情を呑み込めず、父親からそんな話は何も聞いていないということだ。

「あの、東京で問題が起きているというのはどういうことでしょう？　何も聞いてないいんですが、京都《きょうと》にいる僕にまで警護が必要というのは父の判断でしょうか？」

「そういうことだ。だから、俺がここにきた」

孝義はリビングのソファに腰かけているが、宮城は部屋の入り口に立ったままだ。その視線に嘘《うそ》や偽り《いつわ》はないように見えても、まだ納得のいかない部分があった。だから、遠慮気味に携帯電話を取り出すと、父親に電話をして事の次第を確認しようと思ったのだ。

すると、まるで石像のように微動だにせずそこに立っていた宮城が、驚くべき俊敏《しゅんびん》さで孝義のすぐそばまでやってきた。そして、いきなり携帯電話を操作していた手を押さえられた。

「な、何を……っ」

驚いた孝義だったが、通話ボタンを押す前に携帯電話を取り上げられる。

「自分の父親の立場はわかっているんだろう?」

宮城の口調はどこか奇妙だ。父から依頼されてきたというわりには、その息のかかった人間とはどこか違う匂いがする。むしろ、父や父の周囲にいる男たちとは正反対の空気をまとっているようにも思えるのだ。

それに、現状を確認させまいと携帯電話を取り上げる態度がなんとも胡散臭《うさんくさ》い。強引に押し入られてしまったとはいえ、本当に彼を部屋に上げてもよかったのだろうか。この期に及んで、孝義の中でにわかに不安が込み上げてくる。

「あなたは、本当に生野の組の人なんですか……?」

孝義は実家のある東京を離れてから、ほとんど口にすることのなかった言葉を使って確認した。「生野の組」とは、すなわち「広域指定暴力団興隆会《こうりゅうかい》生野組」を意味し、孝義の父親とはその組織を牛耳《ぎゅうじ》る生野組三代目組長である生野孝信《たかのぶ》その人であった。

「ああ、そうだ。おまえの父親の組の者だ。三年前に盃《さかずき》も受けている。代紋《だいもん》もな」

そう言うと、宮城はスーツの襟元《えりもと》を少し手で引き裏返して見せる。そこには、紛れもない「生野組」の構成員である証の、菱形《ひしがた》に桐《きり》の文様の刻まれた代紋のバッヂがついていた。

昨今は表向き構成員であることが知られないよう、こうしてスーツの襟の内側に代紋を着ける者も多いらしい。宮城もまたそうだとしても、まだ彼を全面的に信用する気持ちにはなれなかった。

盃を受けたと言い、組員でなければ持っているはずのないバッヂも着けている。それでも、不自然に感じられるのは彼の口調だった。

こういう言い方をするとひどく不遜《ふそん》に聞こえるかもしれないが、組長の一人息子である孝義に対して彼の口の利《き》き方があまりにもぞんざいなのだ。

組織の人間なら孝義のことを「坊ちゃん」と呼び、どこか腫《は》れ物に触るような扱いをするのが普通だった。けっして宮城のように、「おまえ」などと呼び捨てることはない。そればかりか携帯電話を勝手に取り上げておいて、孝義の戸惑いを見透かしたように訊《き》く。

「俺の言葉が信じられないのか？」

「そ、そういうわけではないです。ただ、確認を取るくらいしてもいいかと思ったので……」

宮城という男の押しの強さに対して、孝義は当然の主張を遠慮気味に口にする。すると、彼はまるで聞き分けの悪い子どもを見るような目で言った。

「あのな、素人の『坊ちゃん』の知らないところで、いろいろと面倒が起こっているんだよ。親の心子知らずというのはこのことだな。親父さんがどれほど心配しているか、わかっていないらしい」

その言い方に、孝義は伏せていた視線を上げた。彼が「坊ちゃん」と言うと、あきらかに馬鹿にしているような不快さがある。と同時に、その言葉は大学に進学してからあまり実家に戻ることのない孝義の気持ちを逆撫《さかな》でするものだった。

「だったら、何が起こっているのか話してもらえませんか？　その世界に素人《しろうと》の僕にもわかるように」

わずかな苛立《いらだ》ちとともに言ってしまった。こんなふうに人に対して強い物言いをすることは滅多にない。

暴力団組織の組長の息子であっても、孝義が父から引き継いだものはほとんどなかった。豪胆《ごうたん》で人を惹《ひ》きつける魅力に溢《あふ》れ、時代を読む判断力や強い決断力を備えた父は、残念なことに反社会組織を率《ひき》いてはいるがそのカリスマ性は大きなものがある。

それに比べて孝義自身はあまりにも凡庸《ぼんよう》だと自覚している。そもそも容貌《ようぼう》からして若くに亡くなった母に似て、面立ちが大人しい。目ばかりが大きくくっきりとした二重《ふたえ》だが、それもまた女性的な印象を与える要因で、父のようなたくましい男らしさや凛々《りり》しさからはほど遠い。

色白の肌と細い骨格のうえ、身長は百七十に届くか届かないかという体。どこまでも気弱で争いを好まない性格。勝ち負けを考える前に、自分にされたら嫌だと思うことは人に対してもしようとは思わない。

さらには、組長の息子というだけで、生野組の運営になんの影響もない立場にいる自分なのだ。

「とにかく、関西にいるかぎり、父の仕事のことで僕が危険な目に遭《あ》うようなことはなかったんです。だから、急に警護と言われても……」

孝義にしてみれば困惑するばかりだ。

大学に行くときにまで背後にいられたら落ち着かないし、そのうち誰かが宮城の存在に気づくかもしれない。いつも怪しげな男がそばにいるなどという噂《うわさ》が立っては困る。それによって自分の出自が友人知人の知るところとなっては、きっとこの先の大学生活は心地の悪いものになるだろう。周囲の偏見の目は避けられないこともわかっている。

もちろん、反社会的組織を束《たば》ねる人間を父に持ったことは、孝義の責任ではないはずだ。子どもは親を選んで生まれてくることはできない。

それでも、父のことは嫌いではなかった。家庭にいるかぎり父は孝義にとって、クラスメイトの父親たちと変わらない、ごく当たり前の優しい存在だったから。

また、母が生きている頃は孝義の生活も極めて穏やかなものだった。組織内での小さな揉《も》め事くらいはあっても、他の組織との抗争や警察との大きなトラブルなどはほとんど記憶にない。

ただ一度だけ、孝義が十二歳のときに警察官が大勢やってきて、屋敷中を調べいろいろなものを持ち出していったことがある。いわゆる「ガサ入れ」というもので、当時ある詐欺《さぎ》事件にかかわった幹部を逮捕するため、警察が強硬手段を使ったのだ。

そのとき、孝義は困惑する母に抱きかかえられ屋敷の奥座敷にいた。まだ中学に上がる前の歳で、怯《おび》えながらも泣き出すまいとこらえているのが精一杯だった。

そして、孝義たち母子にとって衝撃的な出来事があったその年は、生野家にとってよくないことが続いた。暮れになって体調を崩した母に肝炎《かんえん》が発覚し、翌年には治療の甲斐もなく亡くなった。当時孝義は思春期の戸惑いとともに大切な母を喪《うしな》い、ひどく不安定な精神状態となってしまった。

また、年齢を重ねるごとに父親の生きている世界から目を背《そむ》けられなくなってもいた。暴力団が起こした事件が新聞や雑誌に載ることは珍しくない。どんなに目を伏せて耳を塞いでいても、父の率いる組織のことが目に触れ、耳に入る。そんな現実を受けとめるには、孝義の精神はあまりにもひ弱すぎた。

息子の健全な成長を望んだ父は先立った妻の遺言もあり、孝義を組織から切り離したところで育てる決心をした。高校からは近県の全寮制進学校で学び、週末だけ帰宅する生活が続いた。大学も自らの希望で京都にやってきて、芸術大学に通っている。総合芸術科を専攻し、三年の今ではイタリアのルネッサンス期の芸術を自らの研究課題にしていた。

京都でそれを学ぶのはいささか的外《まとはず》れといわれるかもしれないが、東京から離れて暮らすことを前提に大学受験した結果、この選択しかなかったのだ。

将来は大学院に進み、研究の道を志したいと思っている。京都にいるかぎり、そんな自分の人生はどこまでも平穏だったのだ。なのに、いきなり現れた宮城という男は暗雲をもたらすかのように、まがまがしい空気を身にまとい目の前に立っている。

どうしても納得がいかない様子の孝義に、宮城はなぜか一度は取り上げた携帯電話を投げて返してきた。

「だったら、父親にかけてみろ。事情を説明してくれるだろう」

「えっ、いいんですか？」

孝義が父に電話をすれば、宮城にとって何か不都合があるのかと思っていた。なのに、あっさりと携帯電話を返されて反対に戸惑ってしまう。

「そうしたかったんだろう？　俺のことも訊いてみるといい。それで納得したら、文句を言わずに現状を受け入れろ。いいな」

この男は当たり前のように命令口調で語る。それに対して卑屈《ひくつ》になってしまう自分も情けないが、なぜか有無を言わせない雰囲気が彼にはあった。

孝義が宮城の存在を気にしながらも電話帳から呼び出した番号にかけると、父はすぐに電話に出た。

『孝義か？』

最後に会ったのは今年の正月だった。年末年始は仕事関係の挨拶《あいさつ》や行事が多いので、孝義はいつも三が日が過ぎた頃に帰省して、親子水入らずで数日を過ごすことにしている。

また夏には盆の前後に必ず戻り、一緒に母の墓参りに行く。そういうときの父は息子に久しぶりに会ったことを手放しで喜び、大学や京都での生活を楽しそうに聞いてくれる。

だが、電話の向こうの父はどこか沈んだ声色だった。孝義は途端に事情をたずねるのが不安になった。けれど、訊かないわけにはいかない。

「あの、父さん、そっちで何か起きてるの？　実は僕のところに宮城さんという人がきているんだけど……」

『ああ、もう会ったのか？』

それだけ言うと、父はしばらく黙り込む。普段の父らしくなく、ひどく歯切れが悪い。やっぱり何かが起きているのだと思った。

『実は今ちょっとこっちは立て込んでいてな……』

そう言った父の背後で誰かの声がした。

『ちょっと、組長さんよ。携帯は切っておいてくれないと困るんだけどな』

それに続いて、聞き覚えのある生野組の誰かの怒鳴り声がした。

『うるせぇよっ。親父さんに命令してんじゃねぇっ』

『おい、手を出したら公務執行妨害で逮捕するぞ』

『ふざけんなっ。やれるもんならやってみろや』

そんなやりとりのあと、父が周囲にいる連中に事情を説明している声が聞こえてきた。

『すまんが、息子だ。案じて電話をしてきたらしい。すぐに切る』

『頼みますよ。こっちも事情聴取の最中に好き勝手されちゃ、立場がないんでね』

電話の向こうのそんなやりとりが聞こえてきて、孝義はすっかり青ざめていた。そして、そばに立っている宮城の顔を見る。

したり顔で頷《うなず》いているところを見ると、彼は今の実家の状況をすでに知っていたらしい。それで孝義が電話連絡するのをいったんは止めたのだと納得した。

「父さん、今どこにいるの……？　もしかして……」

『心配するな。家だ。ちょっと警察がきていてな。まぁ、どうってことはない。今回はこっちが被害者だ』

「えっ、そ、それって……」

加害者の立場で署に呼ばれ取り調べを受けるというのならあり得る話だが、家にいて父のほうが被害者というのもまた不穏な話だった。

「やっぱり、何かあったんだね?」

孝義は震える声で訊いた。父がゆっくり電話で会話をしていられない状況だとわかっていても、このまま切るわけにはいかなかった。

『ちょっと庭先に爆発物が放り込まれただけだ』

「えっ、それって……」

宮城が言っている「いろいろな面倒」というものを具体的に聞かされ、孝義が途端にうろたえる。それを察したように父親は落ち着いた声で言う。

『心配しなくていい。わたしは無事だし、組の人間で怪我をした者もいない』

それでも孝義は動揺している自分を隠すこともできず、上擦った声で返事をするのがやっとだった。

「そ、それならいいけれど……」

『というわけで、宮城がそっちに着いているなら詳しい事情を聞いてくれるか? とりあえず、その男は信用していい。ちょっと毛色は違うが、うちの者に間違いない』

父はそれだけ言うと、またあらためて連絡すると言って電話を切ってしまった。孝義は自分の携帯電話を握《にぎ》りしめたまま呆然《ぼうぜん》としていた。

想像していた以上に物騒な話だった。父の率いる生野組は関東ではかなりの力を持った組織だ。その分警察からのマークもきつい。少しでも構成員が目立った真似をすれば、すぐに生野の本家屋敷の周辺にも警察官が立つ。

警備や警護のためではなく、要するに身を隠さない張り込みのようなものだ。そうやって警察が見張っているのだから、活動を控えろという暗黙のプレッシャーをかけてくるのだ。

しかし、それは反面では図らずも他の組織からの攻撃に備えることになり、父や組員を守ってくれていることにもなる。にもかかわらず、爆発物が投げ込まれたとしたら、どこかの組との抗争が激化しているということではないだろうか。

組のことにはいっさいかかわらず、その組織構成や活動内容も知らない孝義なので、抗争関係にある組織というのもまるで思いつかなかった。

「どうだ？　少しは組と父親の状況が把握《はあく》できたか？」

宮城は落ち着いた声でそう言った。彼は組の人間で、信頼してもいいと父が言っていた。だったら、彼にたずねるしかないだろう。

「教えてください。実家は、父は、今どうなってるんですか？　いったい、何が起きているんですか？」

「今後、俺の指示どおりにするというなら、すべて説明してやるよ」

この男とはほんの十分ほど前に出会ったばかりだ。なのに、なぜかもう自分は彼の支配下にいるような気がした。体格や年齢や立場の問題ではない。宮城と名乗った彼は、人を服従させる方法を心得ているのだろう。

孝義の父とは違う。何かもっと別のやり方で、相手を惹きつけるのではなく追い詰める方法を知っているのだ。

「事情が納得できれば、そのとおりにするしかないと思っています……」

孝義が言うと、宮城がわずかに頬《ほほ》を緩めた。これまで口角を持ち上げてもその目はけっして笑っていなかったのに、このとき初めて少しだけ彼が愉快そうに見えた。そして、それがなぜか孝義をゾッとさせた。

この男の感情が読み取れない。もちろん、自分には人の気持ちを深く汲《く》み取るような才能などないことは知っている。ただ、目の前にいる宮城という男は微かな笑みを浮かべていても、それが喜びなのか面白がっているのか、あるいは単なる好奇心なのかさえわからないのだ。

そのとき、外で一度おさまりかけていた雨脚がまた強くなってくる。リビングの窓ガラスを強烈に叩く雨音と同時に、一度は遠ざかったと思った稲光が部屋の中を真昼のように照らした。

春は天気が荒れる。わかっているけれど、今この状況で外の嵐は孝義の不安をよりかき立てる。

「ひぃ……っ」

稲妻《いなづま》とともに空を叩き割るような激しい雷鳴が響き、それに怯えた孝義が小さく声を上げて身を硬くした。

そのとき、そばに立っていた宮城が震える孝義の隣に座り、いきなり肩を抱いてくる。驚いてその手を拒《こば》もうとしたが、もう一度空に閃光《せんこう》が走り息を呑むとともに自ら宮城の胸に縋《すが》りついてしまった。

「おまえは、……の……だ」

耳元で彼の声がした。

「え……っ？」

その言葉がちゃんと聞こえなくて、孝義が顔を上げて首を傾《かし》げた。だが、彼は孝義の体を抱き締めたまま、同じ言葉を二度言うことはなかった。

◆◆

生野組は戦後間もなく、孝義の祖父が起こしたと聞いている。

東京湾にたむろする気の荒い日雇い連中を束ねて、船の貨物の荷役作業に従事させていたのが始まりだが、時代を経て当然のようにその形態は大きく変貌した。

二代目を継いだ祖父の右腕だった男が組織固めをしたのち、三代目を孝義の父が襲名《しゅうめい》した。生野孝信は元来の頭の柔らかさで古いしきたりから構成員を解放し、経済活動を中心に組織の近代化を進めてきた。

今では大学出の、いわゆる「インテリヤクザ」と呼ばれる人材が組織内で幅を利かせていると聞いている。

「いまどきは『仁義《じんぎ》』も『しきたり』もない連中が、『組』という枠にとらわれることなく徒党を組んで暴れたい放題だ。中国《ちゅうごく》マフィアを筆頭にアジア各国の組織については、日本の警察も手を焼いている。生野さんは時代の変化に応じてうまくやってきたほうだと思うがね、それだけに持っているシマの旨味《うまみ》に喰《く》いついてくるハイエナみたいな連中も少なくはない」

宮城は父の苦悩を代弁するかのように言うが、その表情は相変わらず仮面のように冷たく、特別な感情は読み取れない。

「では、父のシマを狙う異国の組織が、今回の事件の犯人なんですか？」

父の言っていた爆発物が投げ入れられた件についてたずねたら、宮城は否定も肯定もせずに事実だけを端的《たんてき》に口にする。

「生野組に戦争をしかけているのは、中華街《ちゅうかがい》からはみ出した台湾《たいわん》マフィアと手を組んだ日本の新興組織だ。手段を選ばず、強引に生野のシマを荒らしにきている」

孝義は小さく溜息を漏《も》らし、頭を片手で押さえ込んだ。異国の組織であっても、日本の組織であっても、厄介な状況に変わりはない。生野組と父親は間違いなく血腥《ちなまぐさ》い事態に巻き込まれているということだ。

昨日は電話で父の声を聞いたものの、取り込んでいたため長く話すことはできなかった。孝義もまた夜には家庭教師のバイトがあって、宮城から詳しい事情を聞く時間もなくすぐに準備をして出かけなければならなかったのだ。

宮城はバイトに出かけた孝義の背後を警護していたようだが、昨夜はマンションに帰るところまでを見届けると、そのまま滞在しているホテルに戻り部屋を訪ねてくることはなかった。

その後、あらためて父から電話を受けておおよその事情は聞いたけれど、息子を心配させまいとして言葉を濁しているのもわかった。だから、孝義は宮城から真実を聞くしかなかったのだ。その宮城はすっかり頭を抱え込んでいる孝義を黙って見ている。

今朝は九時前に孝義のマンションを訪ねてきたが、部屋で二人きりになるのが怖かった。閉塞的な空間の中にいると、否応なしに彼のペースに巻き込まれてしまうと思ったのだ。

それを避けたくて外に誘ったのだが、京都の町屋《まちや》を改造したカフェの片隅で向き合っているのもまた心地が悪い。学生や旅行者のカップルばかりの店で、二人の姿はかなり浮いていたからだ。おまけに、話している内容が内容だ。さわやかな春の日射しが差し込むカフェで聞くにはあまりにも相応しくなくて、微かに眩暈《めまい》さえ覚えている。

周囲の誰にも聞かれないよう気遣いながら話すくらいなら、部屋で話を聞けばよかったと内心後悔していた。だが、宮城という男は周囲のことなどいっさい気にしている様子はない。彼は孝義以外は何も目に入っていないかのように、じっとこちらに視線を向けているだけだ。

悪い予想はしていたが、実際はそれ以上に深刻な事態らしい。だからこそ、宮城が孝義のところに送り込まれてきたということだ。

「つまり、その新興組織が生野組のシマを狙い、そのためには父の命を狙うこともあり得ると……?」

孝義が認めたくない事実を苦渋《くじゅう》の思いで口にする。宮城はそんな孝義の苦悩などどうでもいいことのように、淡々と現実を説いて聞かせる。

「大仰《おおぎょう》に構えている組ほど、頭を取っちまえば案外脆《もろ》い。それが『企業』と『暴力団』の違いといってもいい。企業では社長の代わりはいくらでもいるが、ヤクザのトップに立つには誰でもいいとはいかないからな。そして、そこが新興の連中にとっては狙い目になる」

確かに、暴力団組織の組長というのは一般企業のトップ交代とは違い、年功序列や過去の業績だけでは決められないものがある。また、企業の派閥争いとは違い、一歩間違えれば組織内において血で血を洗う争いになりかねない。内部抗争は組織を分裂、弱体化させ、他の組織にとってはそのシマを奪うための格好の機会になるということだ。

「特に、『生野組』は歴史があるだけに、親父さんに何かあれば間違いなく斯界《しかい》が荒れる」

「もちろん、父に何かあっては困るんですが、組には古くから生野を支えてくれている人がいるはずです」

「本家付き幹部の牛島《うしじま》と、都内を統括している若頭《わかがしら》の立原《たちはら》のことか?」

その二人のことは、組には極力かかわらないようにしている孝義でも知っていた。いわゆる古参の幹部である。父の隠退後は彼らのどちらかが組織を継いで、片方がそれを支える役割を荷なうことになると聞いている。

「確かに、どっちもそれなりにやり手だが、残念ながら今の親父さんほどのカリスマ性はないな」

三年前に盃を受けた宮城にしてみれば二人とも大兄貴分にあたるというのに、その物言いにはやっぱり遠慮というものがなかった。

そして、組長の息子でありながらあまりにも素人の孝義に組織の状況を一から説明するのも面倒になったのか、きっぱりと迫りくる危険について口にする。

「いいか、おまえにとっては単なる父親でしかないかもしれないが、世間と斯界においてはそうじゃない。『生野孝信』の存在は充分に大きい。だからこそ、命が狙われる。言っておくが、それは本人にかぎったことじゃない」

一瞬、孝義の頬が強張り、二人の間に沈黙が流れた。そのとき、カフェに新しい客が入ってきて、店員が明るく「いらっしゃいませ」と声を上げる。

入ってきたのは旅行者らしい女性の二人連れだった。和風のインテリアにひとしきりはしゃいで席に着き、周囲を見渡していた。が、宮城と孝義の姿を見るなり、笑顔を引っ込めてさっと顔を背けてしまう。二人から流れる空気があまりにも暗くて、せっかくの楽しい旅の雰囲気が台無しになるとでも思ったのだろう。

そんな彼女らの耳に二人の話す内容が届いたら、きっと荷物を抱えて店を飛び出すに違いない。こういうとき、どんなにあがいても取り繕《つくろ》っても、自分は日の当たる場所にいるべき人間ではないのかもしれないと思い悩むのだ。

そんな孝義の胸の内など知る由もなく、宮城は表情を変えることもなく淡々と説明を続ける。

「連中にとって邪魔者は『生野孝信』だとしても、警護が厳くて手が出せないときはどうするかということだ。俺の言っている意味はわかるな?」

「そ、それは……」

もちろんわかってはいるが、自分から口にしたくない。すると、宮城は表情を変えることなく、その恐ろしいシミュレーションを語って聞かせる。

「常套《じょうとう》手段としては、外堀からじわじわと攻めていく手もある。だが、そいつは時間がかかる。連中はそういうまどろっこしい真似はしない。何しろ、台湾マフィアの息がかかっているからな。奴らは非道という意味でなら世界で一、二を争う」

正直、もうこのあたりで耳を塞ぎたい気分だった。だが、己に降りかかっている現実の問題から目を背けるわけにはいかないのだ。

「手っ取り早いのは、ターゲットが最も大事にしている人間を押さえることだ。たとえば、家族や愛人ってところだな。それを取引のコマとして使う。よほど非情な人間でなければ、まずこれで落ちる。そして、生野孝信の一番大切な人間ってのは……」

もちろん、宮城に言われなくてもわかっている。父は孝義のことを一人息子として、そして喪った妻の忘れ形見として誰よりも大切に思ってくれている。父と駆け引きをするために有効な人質を取るとすれば、それは孝義以外にないだろう。

素人を脅《おど》すには充分すぎる。それでも、気弱になって目の前の男に泣きつくのはみっともない。こういうときこそ冷静にならなければと自分に言い聞かせる。そんな孝義の強がりを見抜くかのように、宮城が一段と声を低くしてつけ加える。

「言っておくが、連中が人質を取って取引するなどと甘いことは考えるなよ。台湾マフィアは拉致《らち》したら、すぐさまできるだけ残虐《ざんぎゃく》な方法で殺すのが常だ。生きている人質なんぞ見張り役は必要になるし、足もつきやすくなって、抱えていても面倒なだけだからな。それこそ死体がただの肉片になるまで嬲り殺す。

日本のヤクザも震え上がるほどの手段でな。そして、その肉片を肉親に送りつけてくるんだよ。それだけでまだ生きていると偽ることは簡単だ」

その瞬間、孝義はたった今飲んだばかりの紅茶を吐き出しそうなくらい気分が悪くなった。だが、これは他人事ではなく、自分自身が宮城の語る悪夢の渦中にいつ放り込まれるともわからないのだ。

「一人息子が京都で学生をやっていることは、あまり多くの人間が知っているわけじゃない。しかし、調べればすぐにわかる。本家屋敷に爆発物を投げ込んだのは、連中の宣戦布告だ。これからは本気で攻めてくるという意思表示だろう。当然、おまえのことも狙ってくる」

孝義は絶望と恐怖に目を閉じたまま身を震わせた。高校に進学して実家を出てからというもの、現実問題としてこの身に危険を感じたことはなかった。おめでたいと言われればそうかもしれないが、それくらい父の生きる世界と孝義の人生は隔絶していたのだ。

それでも、昨夜の父の電話の声を聞くかぎり、宮城が大げさな話をしているとは思えない。

「おまえに何かあれば、生野孝信が崩れる。親父さんが崩れるということは『生野組』の崩壊を意味している。俺もわけあってようやくここにたどり着いたからには、自分の行き場を失いたくはないんでね」

「だから、僕を警護するということですか……」

絶望的な思いとともにそう確認しながらも、ずっと奇妙に感じていることがあった。

やっぱり、宮城という男の態度はどこかがおかしい。父も「毛色が違う」と言っていたように、組の人間でありながら彼はあまりにも他の者たちと違っている。その世界に疎《うと》い孝義には、具体的に何がどう違うのか明確な理由がわからなかった。

ただ、今の彼の言葉に少しだけその理由が見えたような気がする。つまり、彼は孝義を守ると言いながらも、その目的が他の連中と違っているのだ。

少なくとも孝義の見聞きしてきた組の人間は、幹部から若い衆まで組長のためなら命も捨てると覚悟をしていた。昨今はそれほど厳格ではないかもしれないが、「親が白と言えば、鴉《からす》も白い」というのが暴力団の世界だからだ。

ところが、宮城は違う。彼は自分の居場所としての「生野組」を守るため、「生野孝信」を守り、その息子である孝義を守ると言っている。すべては己のためで、けっして「組長」のためでも、「組織」のためでもないらしい。

わけあって組にたどり着いたというが、いったいどういう理由があってのことだろう。宮城の年齢はおそらく三十代半ば。この男から漂う雰囲気からして、三年前に生野の盃を受ける以前もけっして堅気《かたぎ》の仕事をしていたとは思えない。

彼の眼光の鋭さや隙《すき》のない身のこなし、周囲のどんな空気さえ気にすることなく、必要な情報だけを見聞きし、必要最低限の言葉だけを口にする。そういう態度が普通ではないと思うのだ。

何を「普通」と定義するかはともかく、通常なら人はもう少し周囲に対しての気遣いがあると思うし、他人に接するときにも適切な距離の取り方があると思う。だが、宮城という男はそういうものをすべて無駄と考えているかのように、多くのものをそぎ落とした態度だった。

「納得したということでいいな?」

黙り込む孝義に、宮城が確認を取る。考えても仕方がないとわかっていた。それに、自分のわがままは父の命の危険を招き、ひいては関東で無駄な抗争を引き起こしてしまう可能性がある。それだけは避けなければならない。

反社会的な組織のトップであっても、父には変わりない。そして、孝義にとって今となってはたった一人の身内なのだ。

「わかりました。お願いすることにします。でも、大学へ通う分には一人で平気ですから。それに……」

できるだけ目立つ真似はしないでほしいと言いかけたところで宮城に話を遮《さえぎ》られ、すぐに店を出て部屋に戻るように言われた。

すでに何か危険が身に迫っているのだろうかと慌《あわ》てて席を立つ。宮城とともに店を出た孝義だったが、部屋に戻ってくるなりこの件を承知したことを早くも後悔していた。

「ちょ、ちょっと、何をやってるんですかっ？」

宮城が孝義の部屋中をいきなり家探ししはじめるのを見て、思わず叫んでしまった。

「警護をするにしても、本人の危機意識が低いとこっちの負担が大きいんでね。まずは、最低限のことは守ってもらわないとな」

「それはわかりますけど、それと部屋中を調べているのはどういう関係があるんです？」

「盗聴や盗撮がされていないか調べている。この部屋におまえ以外出入りする者は？　鍵を渡している友人、あるいは恋人はいないのか？」

宮城はコンセントのカバーを外し、電話の受話器を分解し、観葉植物の根元からサイドボードの底の部分など、細かくチェックしながらたずねる。孝義はそんな彼のそばについて回り、落ち着かない気分で答える。

「鍵を渡している友人などいません。それに、恋人もいませんから……」

プライベートをあれこれ暴かれているような気がして、答えながらもひどく気まずい気分だった。ひととおり部屋を調べ終わったかと思うと、今度は孝義の携帯電話を出せという。

「携帯が何か？」

その理由を答える前に宮城は孝義の手から携帯電話を取り上げると、まずはそれで自分の携帯電話にかけて番号の登録をすませる。それだけでなく、今度はメールの履歴を確認している。孝義は慌てて自分の携帯電話に手を伸ばしながら言う。

「ま、待ってください。メールはプライベートなものですから、勝手に見ないでください」

だが、宮城はその手を簡単に払うと反対に詰問《きつもん》してくる。

「見られて困るようなメールがあるのか？」

「そうじゃないですが……」

実際、見られて困るようなメールはない。恋人もいない孝義だから、メールのやりとりは大学の友人や知人からのものばかりだ。

休講の知らせとか、レポートの提出日の確認とか、せいぜい飲み会の誘いくらい。それでも、宮城はメールの受信と送信フォルダを確認してから、孝義に携帯電話を投げて返す。

「とりあえず、盗聴と盗撮の心配はないようだな。だが、友人だからといって、気軽に部屋に入れるな。その気になれば、人はいくらでも買収できる。今後おまえが信用していいのは俺だけだ」

目の前の男を信用してもいいものか、孝義の中では未だに迷いがある。もし、父の言葉がなければ、宮城の存在のほうがよっぽど怪しい気もするのだ。

それでも、言葉で逆らう気にはなれなかった。それくらい、彼には人を威圧する雰囲気がある。孝義のように気の弱い人間は宮城の前に立っただけで、どこか気おくれしてしまう。

なし崩し的に宮城の警護を受け入れ、部屋中を調べられたその日の午後からはいつもどおり大学に出かけた。このときも、宮城は当然のように孝義の後ろについていた。ただ、唯一ありがたかったのは、彼の尾行がとても巧《たく》みだったことだ。

大学に入っても、講義室まで誰にも不自然に思われることなくついてきた。授業が終わって講義室から出ると、またどこからともなく現れ孝義の後ろについている。落ち着かない気分は仕方がないが、こうして距離を取っていてくれるならキャンパス内で友人や知人に怪しまれることはないだろう。

いささか不自由で窮屈《きゅうくつ》な感じはするものの、父や組織のことを思えば自分一人のわがままを通すわけにもいかない。

それに、こんなことは長く続かないだろう。こんなときばかり国家権力を頼りにするのも現金な気がするが、警察の介入により抗争が速やかに鎮静化すれば孝義の危険もなくなり、宮城も東京に戻ってくれるはず。

それからの一週間、ときには宮城の存在を忘れていることもあるくらいだった。だが、カフェのガラス窓に映った自分の姿のはるか後ろに、黒いスーツ姿を見つけたときはドキッとする。また、バスや電車など公共の乗り物で乗客に交じりながらも、異質な空気をまとっている宮城を見ては自分が危険な立場にあることを思い出す。

そして、部屋に戻ってからも、眠る前には必ず安否確認の電話が入る。無事を伝えても、宮城はいつも決まって窓のそばに行きカーテンの隙間から外を見て不審な人物がいないか確認しろと言う。不審者がいると孝義が言えば、彼はすぐにでも駆けつけてくるのだろうか。

宮城は京都ではビジネスホテルに滞在していると言っていた。孝義を警護するための経費は組から出ているという。それにしても、ホテル暮らしでは不自由も多いだろう。京都は観光客としてなら情緒のあるいいところだが、よそ者が暮らすにはいろいろと面倒が多い町でもある。

土地鑑《とちかん》もないはずの宮城だが、そんなことはいっさい気にするでもなく、ただ淡々と自分の仕事をしている。そんな姿がチラリと目の端《はし》に留まるたび息苦しさを感じると同時に、彼の人生は本当にこれでいいのだろうかとよけいなことを案じてしまう。

三十を過ぎて暴力団に入るくらいだから、これまでの人生もけっして平穏で気楽なものではなかったことは想像に難くない。あげくに、慣れない町で厄介な仕事を押しつけられて、内心では面白くなく思っているのかもしれない。

孝義に対する横柄で傲慢な態度も実はそんな不満の表れであって、それでも父の命令に逆らえず腐った気分をあの無表情の下に隠しているのかもしれない。警護の話は孝義も不本意だが、考えてみればそんな役割をまかされた宮城も気の毒だった。

一応世話になっているのだから、食事くらい誘ったほうがいいのだろうか。組の人間とはこれまで特別に親しくしたことがないし、まして宮城という男はよくわからない。元来対人関係は不得手で、同年代の友人も多いほうではない。自分より十以上も年上の同性といえば、大学の教授や講師くらいしか身近に接したことがない。

結局、あれからも宮城との距離はそのままに、孝義は通常どおり大学に通って講義を受け、週に何度かは家庭教師のバイトに出かけている。

休日は買い出しに行ったり、図書館に出かけたりして過ぎていく代わり映えのない日々だ。桜の季節も終わって、観光客の数も落ち着いてきた。この時間は道も混んでいないのでバスも比較的時間どおりにやってくる。その日の講義を受け終わった孝義は、携帯電話のモニターで時間を確認してキャンパスの正門前にあるバス停に向かう。

今日はバイトもないし、一度マンションに戻ってから食料品の買い出しにでも行こうと思っていた。次のバスに間に合うよう小走りで正門に向かっていると、背後から名前が呼ばれる。

「おーい、タカヨシ」

キャンパスの真ん中で振り返ると、そこにいたのは同じ学部の先輩で、親しくしてもらっている矢部《やべ》だった。孝義はその姿を見て、いつものようにペコリと頭を下げる。

芸術大学なので比較的先輩後輩の上下関係は厳しくないが、矢部には入学当時からいろいろと面倒を見てもらっている。また、彼は孝義と同じ東京の出身なので、大学では数少ない標準語で話せる相手でもあった。未だに関西弁に慣れない孝義とは違い、矢部はいささか怪しげとはいえ京都弁を使い、誰とでも気軽にコミュニケーションを図ることができる。顔が広く、面倒見がよく、気さくで楽しい。そんな彼の目に、対人関係が不器用で一人でいることの多かった孝義は可哀想に映ったのか、何かと声をかけてくれた。

「おい、タカヨシ、今晩の予定は大丈夫だろうな？」

「えっ、今晩ですか……？」

なんのことかわからず訊き返すと、矢部はやれやれと言わんばかりに額《ひたい》を押さえて天を仰ぐ。

「これだよ、まったく。メール、読んだのかよ？　女の子を紹介するって言っただろうが。ほら、K女子大の真由利《まゆり》ちゃんだよ」

その言葉にハッとした。そういえば、そんなメールが先週届いていたような気がする。だが、孝義は返事に困ってメールの返信をしないままでいた。というのも、矢部に構ってもらうのはありがたいけれど、女の子の世話までは必要ないからだ。

それは、孝義がすでにつき合っている女性がいるという意味ではない。宮城に言ったように、自分の部屋に招くほど親しくしている女性はいない。だからこそ、矢部も先輩として機会があれば女の子を紹介すると言ってくれるのだとわかっている。

けれど、正直なところ興味がないのだ。なぜかは自分でもよくわからない。大学で同じ講義を受けている女の子や、研究発表のためにグループになって一緒に活動している女の子もいて、そんな彼女らから誘いを受けることがなかったとはいわない。

（でも、無理な気がする……）

これまでもそうだったし、この先もそういう機会があったとしても恋愛関係に発展することはないと思うのだ。本当はもう自分でもわかっているし、心の中では認めていることだった。孝義は女性を恋愛対象として考えることができない。

矢部と親しくつき合っているのも、女の子を紹介してもらったり、友達の輪の中に誘われたりするのが嬉しいからじゃない。むしろ矢部自身と一緒にいるのが楽しいからだ。

要するに、自分はそういう性癖の人間なのだと思う。だが、今まで誰ともそういう関係を持ってはいないし、そんなことを口にして誰かに言う勇気もない。

孝義が宮城に探られるのを案じているとしたらその件くらいだが、少なくとも携帯電話のメールに証拠はない。そして、自分の心の中に秘めているかぎり、この先も誰にも知られることのない秘密だった。

もちろん、矢部に対しても真実は話せないので、孝義は咄嗟《とっさ》に今夜の誘いを断るための適当な言い訳を口にする。

「あの、実《あいまい》はちょっと抜けられない用があって……」

そんな曖昧な孝義の言葉に、矢部は不満そうに眉を寄せる。

「用ってなんだよ。あのさ、真由利ちゃんはさ、おまえのことを半年も前からずっと見てたっていうんだぜ。健気《けなげ》でいい子だよ。男として会ってやらなきゃ駄目だろうが。っていうか、そんな女の子を袖《そで》にしてまでなんの用があるっていうんだよ？」

「あ、あの、臨時で家庭教師のバイトが入って……」

「はぁ？　バイト？　バイトと女の子とどっちが大事なんだ？」

もし本当にバイトがあるとしたら、もちろんバイトを優先したいところだ。矢部が孝義のためを思ってくれているのはわかっているが、その女の子に会ったとしても彼女の気持ちに応《こた》えることはできないとわかっている。それで失望させるだけならいっそ会わずにいるほうが互いのためだと思うのだ。

「俺の彼女もくるし、今回は二対二で飲もうってことになってんだからさ。バイトは他の誰かに頼めばいいだろう？」

矢部は場をセッティングした手前もあって、なんとか孝義を説得しようとする。すっかり困って俯《うつむ》く孝義の肩に矢部の両手がかかる。彼は誰に対してもそうなのだが、スキンシップが多くてよく首や肩に手を回して抱き寄せたりするのだ。今も孝義の肩に手を置いて、そこに自分に額を押しつけるようにして「頼むよぉ」と情けない声を上げていた。

もともとバイトも嘘なのだし、矢部の顔を潰《つぶ》すのは申し訳ない。それに、メールの返事をしなかった自分も悪い。その女の子には会うだけ会って、さりげなく自分にはその気がないことを伝えるしかないかと考えていた。

「じ、じゃ、ちょっと……」

バイトの件はどうにかすると言いかけたときだった。顔を上げた孝義の肩から、いきなり誰かが矢部の手を振り払った。

「え……っ？」

思わず声を漏らし驚いた孝義だったが、それ以上に矢部のほうがもっと驚いて、目を見開いたまま固まっている。手を払われたことより、いきなり自分たちの間に第三者が現れたことに驚いたようだった。そして、そこに立っていたのは、他でもない宮城だった。

「み、宮城さん……」

「こ、この人誰……？」

孝義が彼の名前を呼ぶのと、矢部がそうたずねたのは同時だった。完全に気配を殺して近づいてきたうえ、いきなり先輩である矢部の手を乱暴に払ったことに文句を言おうとしたが、それよりも先に宮城のほうが孝義にたずねる。

「こいつは？」

そんな訊き方は、初対面の人間を目の前にしてひどく失礼だった。なので、孝義は慌てて矢部に謝ってから、宮城の腕を引いて少し離れた場所に連れていく。

「ちょっと、困ります。いきなりなんなんですか？」

「不用意に他人と接触しているのはどうかと思う」

そんなふうに言われたら、カフェテリアや講義室で友人や知人と肩を並べて話をすることもできなくなる。孝義は半ば呆《あき》れながらも懸命に訴えるしかなかった。

「言っておいたように、少なくとも大学の中では危険なことなんかありませんから」

「どうかな？　あの男が矢部という奴か？」

どうして矢部の名前がわかったのだろう。離れたところにいても、孝義と矢部の会話が聞こえたのだろうか。だが、孝義は彼のことを「先輩」とは呼んだが、名前は口にしていなかったはずだ。

「この間メールをチェックしたときに、名前があった。女を紹介するとか、そういう内容を送ってきた奴だろう」

孝義の警護をすることになったあの日、宮城は部屋中をチェックしたあと携帯電話のメールにもひととおり目を通していた。だが、それはけっして長い時間ではなかったし、一つ一つのメールをそれほど詳しく確認していなかったはずだ。なのに、送信者とその内容まで把握していたということだろうか。このとき、孝義は宮城という男をいまさらのように不気味に思った。

ただ、父の組織にはちょっと変わった能力の持ち主がいるのを知っていた。たとえば、以前は証券会社に勤務していて使い込みがばれてクビになり、組織に入った男がいる。今は組での資金運用を担当し、己の知識を活かして大きな利益をもたらしていると聞く。

他にもアジアを放浪し語学が達者な男がいて、彼は密入国してきた女性たちの世話をして働く店を斡旋《あっせん》していた。また、中には高校の元教師という者もいて、中卒で組織に入った若い連中に勉強を教えてやっているという話も聞いたことがある。

だが、今の問題はこの宮城であって、彼のいささか常識を逸脱《いつだつ》した行動だった。彼が組に入る前は何をしていたのかわからないが、何か特殊な能力があるのは確からしい。しかし、そんなことをここで発揮されても、孝義には迷惑なだけだった。

「確かに、あの人は先輩の矢部さんです。でも……」

「で、女を紹介してもらうってのはどういうことだ?」

ずっと表情の読めない気難しそうな顔をしている宮城が、そう言ったとき少しだけ小馬鹿にしたように口元を緩めたのがわかった。大人の彼からすれば、大学生が女の子のことで夢中になって話している姿は、微笑ましいというより馬鹿馬鹿しく思えるのかもしれない。

女の子に興味はなかったが、内心ムッとしたのはまたプライベートに土足で踏み込まれた気がしたからだ。こんなふうに私生活に口出ししたり、先輩にあんなふうに接してもらったりしては困る。数少ない友人を失うような真似をするのなら、警護の件も考え直さなければならないかもしれない。

孝義がそのことを遠慮気味に口にすると、宮城は途端にきつい表情になってこちらを睨《にら》みつける。その眼光の鋭さに思わず身を引きそうになった。

自分は間違ったことを言っているつもりはないけれど、必要以上に強くは出られない。これはもうそういう性格だから、どうにもならなかった。孝義は父とは違って、人を使うことや人に命令することにはまったく慣れていないのだ。

すると、宮城はそんな孝義の弱気を見抜いているかのように、強引に二の腕をつかみ引っ張っていく。

「は、離してくださいっ。ちょ、ちょっと、宮城さんっ。まだ先輩と話が……」

無理矢理引っ張られていく孝義を遠目に見ながら、矢部がまだポカンとした様子で声をかけてくる。

「おいおい、タカヨシ、何がどうなってんだ? その人誰? っていうか、今晩の約束どうすんだ?」

すぐに宮城の手を振り切って矢部の元に戻り、謝って事情を説明したい。でも、宮城の力の強さに孝義は抵抗できない。そして、矢部のところに戻ったとしても、この厄介な事情をどう説明したらいいのか、すぐには思いつきそうにない。

女の子を紹介されても困るという現実をごまかしたい自分もいて、孝義は矢部に向かって何度も頭を下げると、控えめにメールをしますと片手で合図をしただけでその場をあとにする。

そして、宮城に手を離してほしいと訴えたが、それがようやく聞き入れられたのはキャンパスを出てバス停まできてからだった。

バスを待っている間に文句の一つも言おうと思ったが、結局は恨めしげに彼を見ただけで、何も言えなかった。

◆◆

大学から引きずられるように戻ってきたものの、こんなふうに自由を奪われて部屋に連れて帰られるのはひどく不本意だった。

この二週間余り、極端に不自由を感じることはなかったものの、今日一日だけで孝義の生活も心も充分に乱されてしまった。そして、途端に今後のことが不安で仕方がなくなる。

ぐったりとリビングのソファに座り込むと孝義は、そばで立っている宮城に向かって言った。

「さっきみたいな真似は、本当に勘弁してください。矢部さんはお世話になっている先輩なんです。友人や知人にあんなことをされたんじゃ、僕は大学に通えなくなります」

「言っただろう。友人や知人だからって油断していたら……」

その先は言葉を使わず、宮城は親指を立てて自分の喉元《のどもと》に持っていき真横に引いてみせる。つまりは、そうやってあの世へ行くと言いたいのだろう。いささか芝居がかったポーズも、宮城がやると冗談には見えないのが怖い。

確かに、聞かされた台湾マフィアの話は孝義を震え上がらせるには充分だった。けれど、地方の大学のキャンパス内で自分の命を狙う者がいるとは考えられなかった。ましてや、矢部のような親しい人間まで疑うなんてことは、孝義にはどうしてもできない。

「もちろん、実家の難しい状況は理解できますが、いくらなんでもやりすぎだと思うんです。事実、この二週間何もなかったじゃないですか。本当に僕は大丈夫ですから」

「大丈夫かどうかは俺が決める。素人に判断されても困るんだよ」

「僕だって、面倒をかけたいとは思っていません。それに父のことも心配しているんです。でも……」

こんなことが続いたら、矢部だけでなく他の友人からも奇妙に思われるだろうし、よくない噂でも立てば大学に通いにくくなる。

「本当に状況がわかっているなら、大人しく俺の言うとおりにしていろ」

またしても傲慢な宮城の物言いに、このままでは自分の自由が完全に奪われてしまうと思った。父親のためにも協力できることはするつもりだが、大学生活に支障をきたすようなら孝義としても黙ってはいられない。

「とにかく、大学のこととバイトのこと、そして友人関係についてはそっとしておいてください。僕は未成年の子どもじゃない。最低限の危機管理くらいできるつもりです。でなければ、本当に父に言ってあなたには東京に帰ってもらいます」

こんなふうに強気で物を言うのは得意ではない。孝義の心臓はいつもよりずっと速く打っていたし、息も荒くなっていた。それでも、言わなければならなかった。

宮城という男が組織でどれだけ毛色が違っていたとしても、組長の息子である自分がここまで言っているのだから、構成員としては渋々であっても了解してくれるだろう。ところが、彼はこのときも孝義の言葉を黙って聞いたあげくに、ただ笑ったのだ。

(え……っ?)

なぜ彼がニヤニヤと口元だけを緩めているのかわからない。その目は相変わらずまったく笑っていないのに、皮肉っぽい笑みがまるで孝義の強がりを馬鹿にしているようだった。

あるいは、それこそが宮城の計算なのだろうか。彼が望んで京都にきたのではないなら、意図的に孝義の意向に反する真似をして、この役目から解放されるように仕向けているのかもしれない。

そう思ったとき、孝義は彼ともう一度きちんと話をするべきだと思った。互いの利害が一致するなら、もっと穏便に宮城を東京へ戻す方法はあるはずだ。そして、どうしても警護が必要なら、民間の業者にそれを依頼することもできる。

だが、ゆっくりと口を開いた宮城からは、思わぬ言葉が返ってきた。

「まったく、呑気《のんき》なガキだな。関西にいるから組のことは対岸の火事とでも思っているのか? 日本中のどこへ行こうと、自分がどこの誰かって事実から逃げられるわけじゃない」

その言葉にギクッとする。「おまえ」どころか、「ガキ」呼ばわりされたことに驚いたわけではない。そんなことより、もっと強烈な事実を宮城は口にしたのだ。

孝義が誰かに何かを言われて一番身に染みるのは、他でもない己自身の出自のことだ。忘れたことなどないし、父親の庇護《ひご》の下に生きている自分に主張できる自由など何もないに等しいと知っている。

何不自由なく生活し、学んでいる金は誰かの苦渋や絶望から搾《しぼ》り取られたものかもしれないのだ。いつでも、どんなときも、そのことを思い出すたびに普通ではない自分を思い知らされる。

けれど、孝義にはわからない。父の罪を自分の罪として受けとめるべきなのか、それはまた別の問題として考えてもいいのか。ただ、宮城の言うように自分だけが実家から遠く離れて、のうのうと平穏に生きている現状に良心の呵責《かしゃく》を覚えることはこれまでも数え切れないほどあった。

そんな孝義の前に立つ宮城は薄笑いを浮かべたままだ。まるで、孝義の苦悩する姿を見て、楽しんでいるかのようにも思える。彼は本当に自分を守るためにやってきたのだろうか。むしろ、自分を苦しめるためにやってきた疫病神《やくびょうがみ》のようにさえ見えた。

「おまえ、女を紹介されてどうするつもりだったんだ?」

ソファに座り込んでいる孝義のすぐ近くまでくると、宮城が頭上からそんな質問を投げかけてくる。

(まただ……)

孝義は内心嘆息していた。また、当たり前のような顔をして人のプライベートに踏み込んでくる。けれど、もう彼がそういう人間であることは、嫌というほどわかっていた。

「どうもしません。女の子のことはよくわからないから……」

なんだか真面目に答えるのも面倒になって、少しばかり投げやりに答える。すると、宮城がいきなり孝義の顔に手を伸ばしてきた。顎《あご》がつかまれて顔を持ち上げられる。

「な、なんですか……?」

ぎょっとはしたが、傍若無人《ぼうじゃくぶじん》な彼の態度にもいつしか慣れている自分がいた。それに、その手を振り払おうにも、彼の指にはしっかりと力がこもっていて、簡単に引き剥《は》がせそうにない。

諦めてされるがままに顔を上げながら訊いた。すると、宮城はこれまでとはまったく違う声色で顔を近づけると、囁《ささや》きかけるように言った。

「言っただろう。おまえは俺のもんだ」

「え……っ？　な、何が……？」

意味がわからなかった。けれど、その言葉はどこか湿った響きがあった。いつもの淡々とした口調ではなく、妙に生々しい声色だったのだ。

途端に孝義は今までにない不安感に襲われる。だが、自分の顎をつかむ彼の指先はますます強く、見下ろしている目はこの身を貫くように鋭い。

「いいか、気安く他の誰かに触らせるんじゃない。女とか、そんなもん必要ないだろう。俺がきたかぎり勝手な真似はさせないから、そのつもりでいろよ」

やっぱり意味がわからないものの、宮城の言葉が何か変だということはわかる。彼は孝義をどうしようとしているのだろう。もしかして、彼こそが孝義の命を狙いにきた敵ではないのかという疑惑がまたこの胸に過ぎった。

「あ、あの、あなたは……」

そのとき、いきなりソファに体を横倒しにされて、あっという間に自分の体に宮城の体が重なっていた。それだけではない。彼の唇が指でつかんでいた孝義の顎に触れ、そこに歯を立てたかと思うとそのまま唇を重ねてきたのだ。

一瞬、何が起こっているのか頭では理解できなかった。キスをされているのだと認識して、数秒後に孝義は青ざめたように身を捩《よじ》って宮城の体の下から逃れようとした。

「じっとしていろっ」

暴れる孝義から唇を離して、宮城が興奮と苛立ちとともに怒鳴る。けれど、そんなわけにはいかない。どういうつもりなのかわからないが、こんな状態を黙って受け入れるわけにはいかなかった。

「やっと触れることができた。思っていたとおりの感触だ」

そんな言葉をうっとりと呟《つぶや》く。混乱しながらも孝義は震える声で言う。

「い、嫌だっ。やめてください……っ」

「おい、俺を拒むな」

宮城が押し殺した声で言った。それは、彼の警護を拒むなという意味だろうか。だったら、なぜこんなふうに体を密着させて、唇を重ねてくるのだろう。

宮城という男が突然自分の目の前に現れて、まだ二週間ばかりだ。それなのに、孝義は気がつけば精神的な服従を強《し》いられ、今はなぜか体まで彼の意のままにされている。

体格差は歴然としていたし、それだけでなく宮城は人の体を押さえ込み、身動きできなくさせる方法も心得ているようだった。柔道の寝技のように体の数ヶ所を巧みに押さえられているだけで、もとより非力な孝義は全身の力が抜けたようにぐったりとしてしまう。

宮城は怯える孝義の体を撫でるように、肩から鎖骨《さこつ》、胸から脇腹、そして股間へと大きな手を滑らせていった。

「あっ、な、なんで……っ」

そこに触れられた瞬間、背筋に電流が走ったように孝義の体は震えた。

自分でしか触れたことのない場所に他人が手を伸ばし、そこをやんわりと揉みしだいている。驚愕《きょうがく》と恐怖とともにその巧みな指の動きに翻弄《ほんろう》されて、やがて生理的な快感がじくじくと腰のあたりにまとわりついてくる。

「う、うく……っ、だ、駄目っ。や、やめてっ。やめくださいっ」

懸命に叫けぼうとしても、その声には力が入らなかった。孝義がどんなに身を捩っても、宮城の手は見る見るうちにジーンズの前を開き、下着の中にまで潜り込んでくる。

守ると言っていた男から、どうしてこんな真似をされているのかわからない。それでも、ソファに縫いつけられた体はどうやっても逃げ出すことはできず、股間を彼の手でいいように嬲られ続ける。

「ああ……っ、はぁ……っ、い、嫌だ……っ」

身悶《みもだ》えて腰を引けば宮城が片手で孝義の腰を押えつけながら、一気にジーンズと下着を引き下ろす。

「ひぃーっ。嫌っ、やめて……っ」

叫ぶ声が途切れる前に、彼はそこへ顔を埋めてきたのだ。

自分の身に起きていることが信じられなかった。だが、宮城の口が孝義の硬くなっているそれを微塵《みじん》の躊躇《ちゅうちょ》もなく銜《くわ》え込んで、舌と唇で刺激を与えてくる。眩暈がするほどの感覚だった。そして、それが快感だと理解したとき、孝義は惨《みじ》めさと悔しさが入り交じった感情に涙をこぼしそうになった。

すると、宮城がそこから口を離して言う。

「ほら、いっちまいな。果てるときの顔を見せてみろ」

人の体を嬲りながらも、宮城もまたわずかに興奮した声で言う。知り合ったばかりの男の手でいかされるなんて信じられない。それでも、他人の手で与えられる刺激は自分の頭の中で妄想していた以上に強烈

だった。

どんなに抗《あらが》っても下半身は限界を訴えていたし、宮城の手が執拗《しつよう》に擦《こす》り上げるたびに尾骶骨《びていこつ》から背筋を通ってやってくる快感が頭の中をいっぱいにしていた。

（も、もう駄目だ……）

心と体が同時に負けた。孝義は最後の懇願《こんがん》の言葉を口にする前に、宮城の手に己の精を吐き出していた。そして、二度三度と体を痙攣《けいれん》させて、ぐったりと全身から力を抜いた。

次の瞬間、猛烈な羞恥《しゅうち》が孝義を襲う。それと同時に、宮城に対する怒りで泣き叫びそうになっていた。それをかろうじてこらえたのは、泣いても喚《わめ》いてもこの男が動じることはないと思ったから。

そして、どうしてこんな真似をしたのかとたずねる気力さえ失っていた。ソファで体を横たえたまま、両手で顔を覆う。ただ、目の前にいる恐ろしくて不気味な男の姿を見たくなかったのだ。

「おい、顔を隠すな」

そう言うと、宮城は孝義の顔から両手をつかんで引き離す。彼の片手は孝義の吐き出したもので濡れていた。その独特の匂いとべたつく感触にゾクッと身を震わせていると、宮城は孝義の隣に腰かけて精液で濡れた手をさらに伸ばしてくる。

「溜まっていたらしいな。ずいぶんと出たぞ。ほら、見てみろよ」

たっぷりと白濁が絡んだ手を孝義に見せつけて、ひどくいやらしいことを言う。どうしてこんなふうに苛《いじ》めるような真似をするのかわからない。孝義が何をしたというのだろう。彼は何か自分に恨みでもあるのだろうか。京都に送り込まれたことがそんなに不満なら、そう言ってくれればいい。

孝義の口から父にうまく話をして、すぐにでも彼をこの役目から解放してやることもできるだろう。だが、宮城の顔を恐る恐る見ると、いつも表情のない彼が少しばかり頬を緩めている。それは、楽しんでいるとか面白がっているというより、どこかうっとりと満足しているといった様子だった。

そんな宮城が泣きそうな孝義の顔に自分の顔を近づけてくる。今にもまた唇が重なってしまいそうなところまで顔を寄せると囁くような声で言った。

「やりたけりゃ、俺がいつでも手伝ってやる。だから、女なんか必要ないだろう」

「そ、そういう……」

問題じゃないと言いたかった。だが、きっとこの男は何を言っても聞き入れてくれないのだ。

まるで言葉が通じず文化も違う国からやってきた異国人のようだった。こんな男が自分の身辺にいることを、どうやって受け入れたらいいのだろう。

「帰ってください……っ」

今の自分には何かを考える気力がない。だから、それだけ言うのが精一杯だった。孝義の言葉に、宮城は一瞬眉間に皺を寄せたが、すぐに肩を竦《すく》めてみせる。

「それは、東京へということか?」

もちろん、そんな気はないという態度で訊いているのはわかった。

「どこでもいいですから、とにかく今はこの部屋から出ていってくださいっ」

「今日はもうどこにも出かけないと約束するならな。それから、人も入れるなよ」

とても出かける気力などないし、友人の誰かを呼ぶなどという気分にもなれない。けれど、宮城の言うことを素直に聞くのも腹立たしい。返事をしないで黙っていると、汚れた手でまた頬をつかまれた。

「まぁ、危険などないと言い張るなら好きにすればいいが、俺はおまえを誰かに殺させるような真似はしない。もし殺すなら俺の手でやってやる。それだけは肝《きも》に銘《めい》じておくんだな」

それだけ言い残すと、宮城はリビングを出ていった。洗面所で手を洗ってから玄関に向かう足音がしている。孝義はまだ一人ソファで、呆然と体を横たえていた。

(嘘だ……。嘘だ、こんなのは何かの間違いだ……)

心の中で呟いたのはそんな言葉だった。

彼の孝義に対する態度はやっぱりおかしい。不本意ながら孝義の警護にやってきたというより、むしろその反対のような気がする。

『言っただろう。おまえは俺のもんだ』

『俺はおまえを誰かに殺させるような真似はしない。もし殺すなら俺の手でやってやる』

警護に必要なことを傍若無人な態度で口にする以外は、極めて口数の少ない男がはっきりと自分の意思を言った。孝義はその意味を考えるのが怖い。なんだか宮城の中には穏やかではない感情があって、それゆえに彼は孝義という存在に固執《こしゅう》しているような気がする。それは、憎しみだろうか。だとしたら、なぜ憎まれているのかわからない。

あるいは、父に対する恨みがあって、それを晴らすためにわざと組織に入り、息子の孝義に近づいたということも考えられる。だとしたら、抗争ではなく、むしろ宮城自身が孝義にとって危険な存在ということになる。

実家に電話をして宮城の素性をもう一度確認してみようか。だが、父は宮城を信頼できると言った。

孝義の中でますます混乱が深まる。何を信用したらいいのかわからない。こんなとき、組の人間と距離を置いてきたことを少しだけ後悔する。真実が知りたくても、父親以外に誰を頼ればいいのかも孝義にはわからないのだ。

そのとき、自分がまだジーンズや下着を脱がされたままの格好でいることを思い出し、急に羞恥を思い出したようにソファから起き上がる。

床に落ちているジーンズに手をかけたとき、自分の汚れた下半身が目に入った。ひどくみっともない気がしたが、もう宮城も去った。この部屋にはいつもどおり自分一人だ。そう思った途端、力が抜けて再びソファに座り込む。

（どうして、あんな真似をしたんだろう……）

大人の悪ふざけだったのかもしれないし、女の子のことに夢中になっていると勘違いしてからかったのかもしれない。だが、人の手に触れられたそこは自分でも想像していなかったほどに反応してしまった。あれほど惨めな思いを噛み締めながらでも、自分の体は快感の中で達してしまった。

高校の頃にぼんやりと自分の性癖を理解して以来、誰ともそういう接触をしたことがなかった。もしかして、宮城もまた同性に対して欲望を抱く人間なのだろうか。たとえそうであったとしても、孝義でなければならない理由などないはずだ。それに、孝義は宮城という男が好きになれない。彼が怖い。それがすべてだった。

やがて大きな溜息を一つ漏らした孝義はソファから立ち上がり、バスルームに向かう。乱れた服装と汚れた体が自分の心をひどく苛《さいな》む。

それは、怯えながらもまだこの体の奥には淫《みだ》らな疼《うず》きが微かに脈打っていることに気づいているから。信じたくはないけれど、自分自身の心と体に嘘はつけなかった。

◆◆

（どうしよう……）

父に電話して、宮城のことを話してしまおうか。

彼が自分に対してひどく冷淡で非道で、そのくせ妙な執着を持っているようだと言えば、父は彼を東京に呼び戻してくれるだろうか。

翌日からも何もなかったように宮城は孝義の背後について、警護の仕事を続けている。そして、相変わらず取り立てて危険なことは何もない。

その日はバイトを終えて部屋に帰ってくると、エントランスまで背後についていた宮城がそのまま姿を消した。彼もまた滞在しているホテルの部屋に戻るのだろう。ここから徒歩十五分ほどのところにあるビジネスホテルは、京都にあってまるで京都らしさのない建物だ。きっと部屋もありきたりなうなぎの寝床で、暮らしていて快適なはずもないだろう。

そんなホテル暮らしをしながら、大学生を警護する仕事が面白いとは思えない。にもかかわらず、それが上からの命令とはいえ、宮城はなぜか孝義のそばにいることを自ら望んでいるようでもある。

その理由は恨みなのか、何かに対する執着なのか。どちらにしても怖いし不気味だ。彼がそばにいると孝義の心は落ち着かない。特にあの日以来、生々しくあの男の手の感触を思い出してたまらない気持ちになるのだ。

芸術大学なのでスポーツ系のクラブはあまり盛んではないが、体育会系の大学のクラブでは男同士でそういう悪ふざけは日常茶飯事だと聞いたことがある。そう考えれば、深刻に受けとめるようなことではないのかもしれない。

あるいは、東京にいる父が大変なときに女の子のことではしゃいでいると思った宮城が、『呑気なガキ』に与えた体罰のようなものだったのだろうか。だとしても誤解だと言いたいが、警護をしている立場の彼にしてみれば、浮かれて女の子なんかと出歩かれては仕事がやりにくくなると思っただろう。

本当はそればかりが真実ではないような気がするものの、そうやって自分の気持ちを納得させるしかない。そして、東京での抗争が一刻も早く落ち着いて、孝義の周囲も元どおりになることを願っていた。

その後の父との電話では、警察の警備が強化されて平穏なものだと言っていた。きっと孝義が心配しないようにと何かあっても口をつぐんでいるのだろう。もっとも、それは孝義のほうも同じで、宮城との関係がひどくぎくしゃくしているなどと報告すれば、父に無駄な心配をかけてしまうと思い何も言えずにいる。

いずれにしても、孝義自身には今のところ危険を感じるようなことは起きていない。それに、父のほうも、何か大きな動きがあれば新聞やテレビで報道されると思うし、最近は暴力団関係のニュースを聞かないので無事でいるのだろう。

それでも、変わりはないか今夜も確認の電話くらい入れてみようかと思った。バイトから帰り一息ついて、時刻は夜の十時を過ぎたところ。何か特別な会合や会食がなければ、この時間なら父も屋敷に戻りくつろいでいるはずだ。父の番号を呼び出したり消したりしながら携帯電話を握っていたら、いきなりコール音が鳴って身を硬くする。

いつものようにホテルに戻った宮城からの安否確認の電話だと思ったのだ。通常より早い時間だ。それに、さっきエントランスで別れたばかりだ。いっそ電話を無視したらあの男はどうするだろう。急いでこのマンションまで駆けつけてくるのだろうか。

そんなことを思いながら着信表示を見ると、それは宮城ではなく矢部からの電話だった。この間の宮城の一件は適当にごまかして説明しておいたが、納得してくれたのかどうかはわからなかった。

でも、電話をくれたということは、宮城の失礼な態度も女の子を紹介してもらう話をすっぽかした件も許してくれたと思いたい。慌てて電話に出たら、普段と変わらない矢部の明るい声が聞こえてきた。

『タカヨシか？　この間話した真由利ちゃんのこと覚えてるだろ。さっきまで彼女と会っててさ、おまえの部屋の場所を訊かれて教えちまった』

ヘラヘラと笑いながら言う矢部の背後からは、賑やかな声が聞こえる。どこかの飲み屋からかけているようだった。周囲の騒音に矢部の声がはっきり聞こえなかった孝義が確認する。

「あの、どういうことですか？　僕の部屋をですか……？」

『だから、誘っても誘っても出てこない王子様に、姫が自ら会いに行くってよ。いいなぁ、おまえは。なんにもしないでいても女の子が寄ってくるもんな』

そんなことを言われても嬉しくもなんともない。それより、その真由利という女の子が部屋にくるという話のほうが気になる。

すると、矢部もけっこう酔っ払っているのか、いつもの気さくな口調というよりだらしない感じでいきさつを説明してくれた。要するに、一緒に飲んでいるうちにまた孝義の話題になり、どうしても直接会って話がしたいという彼女の気持ちにほだされて、矢部がこのマンションの住所を教えたというのだ。

今夜のうちに彼女が孝義のところへやってくるかもしれないから、せいぜいうまくやれと笑いながらエールを送ってくれる。

『ほら、この間俺がやったアレまだ持ってんだろ？　とりあえず、その歳でパパになりたくなけりゃ忘れず使えよ』

「ええっ、そ、それは困ります。っていうか、いや、あの僕にはちょっと……」

酔っ払っている矢部に真面目に言い訳しても仕方がないが、しどろもどろになっているうちに電話も切れてしまい孝義は大いに慌てた。

面倒見がよくて先輩風を吹かすこともなく、裏表のない性格は好ましいのだが、こういういい加減なところもあってちょっと困ってしまう。

孝義は帰宅したばかりで座り込んでいたソファから立ち上がり、どうしたものかと思案する。若い女性が、こんな時間にいきなりよく知りもしない男性の部屋を訪ねてきたりするだろうか。矢部の冗談かもしれないが、万一彼女がきてしまったらどう応対すればいいのかわからない。居留守を使おうかと思ったが、それもなんだか気まずい。

いっそバイトが長引いていれば帰宅していることもなく、彼女の訪問も知らずにすんだのに。いずれにしても混乱した頭でこのままここにいて、女の子がくるのを落ち着かない気持ちで待っているなんて耐えられない。普通の男子大学生なら部屋の掃除でもして、ワクワクしながら待ち構える状況だろうが、孝義にとっては逃げ出したい状況だった。

そして、数分考えたのちさっき帰宅して脱ぎ捨てたパーカーを羽織り直すと、大学へ行くときのデイパックを背負って玄関に向かう。

マンションの近くに深夜までやっているカフェがある。そこで課題のレポートでもやりながら時間を潰せばいい。孝義が部屋にいないとわかれば、もし彼女が訪ねてきたとしてもすぐに帰ってくれるだろう。なんだか逃げ隠れするようでみっともないが、それほどに孝義は女の子とそういう意味で二人きりになるのが苦手なのだ。

矢部にはまた何か言われるかもしれないが、彼も今夜は酔っ払っていたようだし、なんとでも言い訳はできるだろう。そう思ってスニーカーを履《は》いたところで宮城の言葉を思い出した。

部屋に戻ってからは、勝手に一人で外出しないようにきつく言われている。特にバイトで遅くなった日など、十時以降の外出には必ず宮城へ連絡するように言われていた。

『深夜の買い物も禁止だ。近くのコンビニだろうがカフェだろうが、一人では出かけるな』

どうしても必要な場合は宮城に連絡すれば、彼が買い出しをして持ってきてくれるか、外出の際はまた背後を警護すると言っていた。

けれど、こんな事情で一度ホテルに戻っている宮城に面倒をかけるのは本意ではなかった。それに、これ以上自分のプライベートに踏み込んできてほしくない。それでなくても、今回は相手のあることだし、女の子絡みでもある。この間のように変な誤解を受けて、またあんな状況になったら耐えられない。

それでも、マンションのエントランスを出るときはいつも以上に慎重に周囲を見回した。そして、すぐに苦笑を漏らし頭を振った。

わずかな期間で自分は宮城の言葉にすっかり洗脳されてしまったようだ。危険だと何度も言われているうちに、本当にこの身に危険が迫っているような錯覚に陥っている。けれど、実際は宮城がくる以前とまったく変わりなく、自分の身の回りはどこまでも平穏だった。

（馬鹿馬鹿しい……っ）

孝義がすっかり夜も更《ふ》けた路地に出たとき、また携帯電話が鳴って着信表示を見れば今度こそ宮城からだった。だが、このときは妙に強気な気分でいたこともあり、孝義はそれを無視して携帯をマナーモードにするとそのままジーンズのポケットに押し込んでしまった。

カフェは平日の夜なのに、それなりに賑わっていた。ここはアルコールも出す店なので、会社帰りのOLや大学生のグループ客も多い。

そんな店の片隅で小型のノートパソコンを開き、課題のレポートを書いている孝義だが、さっきからずっと落ち着かない気分でいる。それは、テーブルの上に出してあるマナーモードの携帯電話が、五分置きに着信のランプを点滅させているから。

矢部からなら出ようと思っていたが、着信表示は漏れなく宮城だった。部屋を出てくるときにちょっと意地を張って電話に応えなかったせいで、いまさら出るに出られなくなってしまっていた。

きつい言葉を投げつけられたら、また自分の気持ちが萎縮してしまいそうだった。それに、宮城の声を聞くと、あのときのことが脳裏に蘇《よみがえ》ってきてひどく心がざわつく。

あんなことをいつまでも引きずっていたら駄目だ。きっと宮城本人はもう気にもしていないだろう。自分だけが意識していると思うと恥ずかしくて、よけいに彼を避けたくなるのだ。

孝義は携帯電話をデイパックに入れて、またレポートに集中しようとする。タスクバーの時計を見ればすでに十一時半を過ぎていた。矢部から電話があって一時間以上が経っている。

真由利という女の子はもう孝義の部屋を訪ねてきたのだろうか。宮城は電話に出ない孝義を案じているだろうか。わずらわしいと思っていることから逃げ出してきたくせに、結局はそれらに心をとらわれてしまい、レポートはなかなか進まない。

こんなことを繰り返していても仕方がないのだ。矢部にはいずれきちんと伝えなければならないだろう。もちろん真実は言えないけれど、実家のことは父親が小さな会社を経営していると話してあるし、その関係の知り合いの紹介で、将来を約束している女性が東京で待っているという嘘くらいなら不器用な自分でもつき通せるだろう。

そんな話をすれば、せっかく面倒を見てやったのに、張り合いのない後輩だと思われるかもしれない。実際、自分はつまらない人間なのだ。だが、どうしても女性とはつき合えない。それは性癖のこともあるし、実家のこともあって、二重の意味で自分は普通の恋愛をするにはほど遠い。

恋愛どころか普通の友人関係でさえ、嘘の上に成り立っている。矢部をはじめ大学の同じ学部の友人たちの中で、孝義の実家のことを知ってもなおつき合いを続けてくれる人間がどのくらいいるだろう。

もともと友人が多いほうではないのだが、半分くらいは孝義を遠巻きにするようになるかもしれない。そのことを思うと、いまさらのように重い溜息が漏れる。

宮城が言っていたように、どこへ逃げようと自分が「生野孝義」であることからは逃げ切れない。だからこそ、生涯を通じて独身で生きていく覚悟はすでにできているつもりだ。

けれど、若い体が淫らな欲望に身を焦《こ》がさないわけもない。自分で慰めるとき、孝義は矢部や彼に似た架空の男性を思い浮かべる。そうでなければ、うっとりと心奪われるのはお気に入りのダビデ像だ。

好きなダビデ像はいくつもあるが、子どもの頃に見たドナテッロ作の美少年のダビデ像は特別だった。

大学生になった今もなお新鮮に心をときめかせてくれる。それは孝義がイタリア美術に興味を持ち、大学でこの道を専攻するきっかけとなった彫刻だ。

ルネッサンス期の美意識が必ずしも現代のそれと一致するわけではない。そんな中でかの作品だけはまさに時代を超えた「美」だと思う。

実家が特殊な環境だったため、友人を作るのが難しかったこともあり、普通なら外で友達と駆け回ったり、家でテレビゲームに興じたりしているような年頃から、孝義は一人で本を読んでいるほうが好きだった。

また、幼い頃から母の趣味につき合ってよく美術館や博物館にも出かけていた。貧しい家庭で育った母はとにかくきれいなものが好きで、彼女がうっとりと眺める絵画や彫刻の数々を一緒になって夢中で眺めている子ども時代だったのだ。

何が面白かったのかといわれれば答えようがない。ただ、美しいその構図や色使い、絵や彫刻の中に潜んでいる物語性が孝義の好奇心を擽《くすぐ》ったのだ。そして、ドナテッロのダビデ像の写真に出会い、やがて興味がイタリアルネッサンスの世界へと絞られていった。

人間美に開眼し、新しい芸術へ道が大きく開かれた時代のイタリアに、行けるものなら現世を捨ててでも飛び込んでみたいと思うほど憧《あこが》れた世界だった。

そんな強烈な焦がれとともに、孝義の中にはもう一つの隠れた感情がある。それは誰にも打ち明けられずにいるが、ルネッサンス期の独特の血腥さに自分が置かれている現実を重ね合わせることがあるのだ。自分の心の奥に、密かに眠る血への怯えと渇望《かつぼう》。それは母を亡くした頃から如実に自分の中に根づき出したものだ。

この世の非道や不条理を嘆く神経はあっても、同時にこの体には父の血も流れている。そんな自分自身が怖くなるときがある。けれど、こうして大学でどっぷりと美の世界に浸り、研究に没頭していれば現実の不安をいっときでも忘れ去ることができるのだ。

カフェで十一時半まで粘っていたが、結局レポートはそれほど進まなかった。提出は来週末だから、時間はたっぷりある。それより、そろそろ帰ってシャワーを浴び明日の準備をして眠りたい。

大学に入って二年間は、一般教養など午前中に受ける講義も多くて、朝早くに起きる癖がついていた。三年になってからは専攻科目の講義が増えて、午後からの講義や早くても午前の二時間目からというスケジュールになり、気がつけばすっかり宵《よい》っ張《ぱ》りの生活になっていた。

だが、明日は世話になっている教授に資料の整理を頼まれていて、午前中できれば早めに教授室にくるように言われていた。イタリア美術史を教えてくれている前原《まえはら》教授には入学当初から目をかけてもらい、可愛がってもらっている。

美しいものが好きで、人づき合いの苦手な孝義を見ていると、自分の若い頃を思い出すといつも苦笑を漏らしている。そんな前原教授も学生時代はあらゆるものを二の次、三の次にして、芸術の研究に没頭していたという。

もっとも、前原教授の場合は四十を前にして高校の同級生だった女性と再会し、落ち着いた大人の恋愛をして結婚に至ったという話だ。今は子どもにも恵まれ、孝義には望むべくもない幸せな人生を送っている人だった。

ただ、美に関する感性については、前原と孝義は極めて近いものがあると思う。また、前原も高校までは関東にいた人なので、講義も普段の話し言葉も標準語なのが孝義にとっては親近感を抱いている理由の一つかもしれない。なので、孝義も前原のところにはよく質問に行くし、その延長で今度のように頼まれ事をするときもある。

広げていた荷物を片付け支払いをすませてカフェを出ると、今夜は朧月夜《おぼろづきよ》だった。京都らしい風情のある夜道をのんびりと歩きマンションに向かう。

桜のシーズンが嘘のように観光客の数も減り、平日の深夜の道はしんと静まりかえっていた。だが、治安の悪い場所でもないし、男の孝義が一人歩きをしていても物騒なことはない。

いつもの路地に入ってマンションのレンガの壁が見えてくる。高さはなく、古都の雰囲気を壊さないよう外装は配慮されている反面、内装は外国人向けの賃貸を意図して一つ一つの部屋が大きく贅沢な間取りになっている。

大学に合格した直後は、大学近くの下宿やワンルームの賃貸マンションをいくつか見てまわり、そのうちのどこかに入ろうと思っていた。ところが、今のこの状況を予測していたのかどうかはわからないが、それでは物騒なこともあるだろうと、父の名義でこのマンションの部屋を購入し孝義に住むように言ったのだ。

大学までバス停で三つばかりというロケーションも、一人暮らしに2LDKの広さも分不相応だと思ったが、頑なに拒んで大学近くの下宿に身を寄せれば父の不安が募ることもわかっていた。それに、これも組織の資産運用のうちだと言われれば、親がかりで大学に通っている身としては従うことが親孝行だと考えるしかなかった。

けれど、矢部や他の友人が部屋に遊びにくるたび、実家はどれほどの資産家なんだと笑って茶化していく。適当にごまかしてはいても、その都度他の学生たちとは違う環境で生活していることに困惑する。それは、京都の大学生活が三年目になる今も変わらない。

そんなマンションのすぐそばまできて、ポケットから鍵を取り出そうと俯きかけたとき、暗い道の向こうから人影が近づいてくるのがわかった。一瞬ギクッとして足を止めたが、見れば地味なスーツ姿の中肉中背の男性で、残業か何かで帰宅が遅くなったサラリーマンだろうと思った。

宮城の言葉に踊らされてすっかり神経質になっている自分に苦笑を漏らし、ポケットの中の鍵を握りまた歩き出したときだった。すれ違いかけたその男がいきなり孝義の前に足を出してきた。

「うわ……っ」

この路地は街灯が少なく、月明かりも朧がかっていて足元が暗かったので、孝義は咄嗟にその足を避け切れずに前につんのめる。さらにタイミングの悪いことに、片方の手はデイパックの肩紐《かたひも》を握っており、もう片方の手はポケットに入れていたためバランスを崩した体がそのまま地面に崩れ落ちそうになった。

慌ててデイパックを地面に放り出す格好で、すぐ横の建物の壁に片手をついたので完全に転ぶことはなかったものの、暗闇の中で男が孝義の体をその壁に押さえつけてくる。

「な、何？　誰ですかっ？　ちょっと……」

突然のことに驚きながらも文句を言いかけた言葉が終わらないうちに、目の前の男がスーツの内ポケットに手を突っ込んで何かを引っ張り出してきた。暗闇の中で鈍く光るそれは大型のナイフだった。男は片手で孝義の首元を押さえ、体を壁に縫いつけたまま、取り出したナイフを高く振りかざす。

思わず悲鳴を上げそうになったが、喉元を押さえられているせいで掠《かす》れた声しか出ない。普通のサラリーマンだと思ったその男には鼻の横に大きな傷痕があり、こけた頬とくぼんだ目がひどく不吉な印象を与えている。とうてい堅気の人間とは思えなかった。あきらかに生野組の事務所にいる男たちと同じ匂いを持つ人間だ。

このとき、孝義は自分が命を狙われている現実を初めて認識した。宮城にさんざん忠告されて、父との電話でも新興組織との間に不穏な抗争の気配があることを知らされながら、やはりどこか対岸の火事のように思っていたのだ。

だが、宮城の言っていたことは大げさでなく、すべて本当だったのだ。それをいまさら認めたところでもう遅い。身動きのできないまま、孝義はきつく目を閉じて己の死を覚悟するしかなかった。

泣き喚きたいという気持ちとともに、頭の奥がじんと痺れるような冷たさを感じていた。これが死と直面したときの人の意識なのかと、奇妙なまでに冷静に考えている自分がいる。

そして、父のことを思い、すでにこの世にはいない母のことを思ったそのときだった。

「おいっ、何してるっ。そいつから手を離せっ」

いきなり数メートル先の暗闇から声がして、誰かが全速力で駆けてくるのが見えた。

「み、宮城さ……っ」

喉を押さえられたままで出ない声を振り絞って彼の名前を呼んだ。そのとき、宮城の姿を見て孝義を押さえ込んでいた男に一瞬迷いが生じた。孝義にナイフに突き立てるか、それとも身を翻《ひるがえ》して逃げるべきか、二度三度男が双方を代わる代わる見ている間に宮城が男に飛びかかり、孝義からその体を引き剥がした。

「クソッ」

男が吐き捨てる。宮城はその男とわずかな距離で対峙《たいじ》していたが、ジャケットの後ろを捲《まく》り上げるようにしてズボンの腰に差してあった拳銃を取り出す。が、それを構えるよりも早く、男はそばの壁にへばりついたまま身動きできずにいた孝義を自分の体の前に引き寄せる。

「撃てるもんなら、撃ってみな。俺より先にこいつが穴だらけだ」

孝義の体を盾にされて、宮城が舌打ちをする。

「そいつを捨てなっ」

男は顎を持ち上げ、宮城に拳銃を手放せと指図する。その言葉にも苦々しい表情で黙って従い、宮城が拳銃をアスファルトの上に置いた。男は孝義の体を抱えたままそばまで行ってそれを足で蹴り遠くにやってしまう。

だが、男の視線が下に向いたそのわずかな瞬間を宮城は見逃さなかった。孝義の喉元に押し当てられているナイフの刃を自分の手で握るとそれをそのまま引き剥がしながら、同時に男の体を足で力一杯蹴りつけた。

腹を蹴られた痛みに男は思わずナイフからも手を離し、壁に背中から吹っ飛んでいく。宮城は素手でもぎ取ったナイフを投げ捨てると、倒れている男のそばに駆け寄り、さらに二度三度とその脇腹に蹴りを入れた。

徹底的に腹を蹴られて、男が口から血を吐き出した。それでも宮城は容赦がない。震えながらそばで見ている孝義のほうが青ざめるほどに相手を痛めつけている。

そのとき、頭上のどこかでガラッと窓が開く音がした。路地から聞こえる騒がしい物音に、何事かと外をのぞき見た人がハッとしたようにその顔を引っ込める。

その瞬間、孝義は慌てて宮城を止めた。

「み、宮城さん、それくらいで……っ。人が、警察がくるかもしれません」

その言葉に宮城がようやく攻撃を止めた。そして、すぐに自分の拳銃を拾ってズボンの腰に差すと、落ちていたナイフを持ち反対の手で孝義の腕を引いてマンションに向かう。

背後では男が呻《うめ》きながら起き上がろうとしていた。彼もまた警察に捕まってはまずい身なので、なんとかしてこの場から姿をくらまそうとしているのだ。宮城は一度つかんだ孝義の腕を離し振り返ると、無言で男のところに戻っていき駄目押しのように最後の蹴りを今度は顔面に入れていた。

やっと立ち上がりかけていた男がもんどり打ってまた地面に倒れる。それでも這いずりながら路地の奥へと逃げていくのを冷たい目で見送ってから、孝義のところに戻ってくる。

見ればさっき拾ったナイフを持つ宮城の手も血に染まっている。素手でナイフをもぎ取ったのだから、かなり深く切れているのだろう。ボタボタと血がこぼれるのも気にせず、デイパックを抱えた孝義の肩を抱く。

「宮城さん……」

孝義は声を震わせながらその名前を呼んだ。けれど、言葉が続かなかった。そして、宮城に促されるようにしてマンションの自分の部屋に戻っていく。

遠くからはサイレンの音が響いていて、孝義はいまさらのように自分が「死」のすぐ近くにいたことを思い知り、怯えから嗚咽《おえつ》を漏らす。

その横で宮城は孝義の体を抱き寄せながら、一言だけ呟いた。

「おまえが無事でよかった……」

◆◆

暴漢に襲われた翌日、早朝には父から安否を確認する電話が入った。

『本当に大丈夫なのか？　怪我はなかったんだな？』

「大丈夫だよ。宮城さんが助けてくれたから……」

案じて何度も無事を確認する父にできるだけ落ち着いた声で応えてはいたが、まさかこんなことになるなんて孝義自身も思ってもいなかった。

昨日の夜、宮城と部屋に戻ってから、孝義は泣きながら彼の切れた手の傷を手当てした。救急車を呼ぶと言ったが、警察官がうろついている今夜は応急処置でいいと言われた。

実際、あのあとすぐに二人連れの警察官がマンションの各部屋を回って、何か異常がなかったかと確認しにやってきた。孝義は怪我をした宮城を奥の部屋に匿《かくま》いながら、自分はずっと部屋にいたが何も見ていないと告げた。

もちろん、ドアを開ける前には廊下に落ちていた血もタオルで全部拭い、自分の血のついた洋服も着替えていた。必死の芝居が疑われることなく警察官が帰ったあとは、まるで自分が犯罪者になったように心臓が痛いほど早く打っていた。

すべてが落ち着いたあとに孝義は何度も謝ったが、宮城は約束を破って勝手に夜遅く外出したことも、電話に出なかったこともいっさい責めなかった。

昨夜、電話が繋がらず孝義のマンションまでやってきた宮城は、居場所が特定できずにマンション近辺で張り込んで様子をうかがっているしかなかったという。

孝義が襲われたのがたまたまマンション近くだったから、宮城もすぐに駆けつけることができた。彼はずっと真剣に忠告してくれていたのに、孝義はそれを深刻に受けとめようとはしなかった。そればかりか、彼の存在を疎ましく思い、父に言って東京に引き揚げさせようと思っていたのだ。

なのに、彼は怪我をしてまで孝義を守り、ただ一言「おまえが無事でよかった」と言った。それは、組長の息子である孝義に万一のことがなくてよかったという意味だけではないような気がした。

彼は孝義を守り抜いたことに満足したように、ひどい怪我を負いながらも微笑んでいたのだ。あのときの宮城の顔を思い出すと、孝義はなんとも複雑な気持ちになる。

『で、おまえを襲った男はどんな奴だった？　関東から送り込まれた人間だろうと宮城は言っていたが、何か覚えていることはあるか？』

電話の向こうで父はまだ心配そうにたずねる。

「暗くてよく見えなかったけれど……」

鼻の横に傷痕があったことや背格好などあのときの印象を告げても、父が見知っているとも思えない。宮城もしょせん鉄砲玉クラスのチンピラだと言っていた。

ただ、孝義を襲った男に訛《なま》りはなかった。宮城の言うとおり、京都や少なくとも関西の人間ではないだろう。とても通りすがりで襲ってきたとは思えない。孝義を押さえ込んだとき、あの男は確実に命を奪おうとしていたのだ。

警察が駆けつける前に孝義は宮城に連れられて部屋に戻り、男はかなり腹を蹴られて重傷ではないかと思われたが、それでも這うようにして逃げていった。

あのとき拾ったナイフは警察の足がつかないよう宮城が処分すると言っていたが、大型である以外は取り立てて特徴はなく、量販店でも販売しているアーミーナイフだそうだ。

ひととおりの事情を説明したら、父が納得しながらも奇妙なことを呟いた。

『それにしても、あの宮城が男を取り逃がしたとはな……』

確かに、男を捕まえていれば、誰に頼まれたのか裏を探ることができたかもしれない。けれど、あのとき警察がこなければ、むしろ宮城はあの男を殺してしまいそうで怖かった。それに、男が自力で逃げ切ってくれたおかげで、宮城と孝義は警察にあれこれ探られずにすんだのだ。むしろ、宮城はあれでも加減して暴行していたのではないだろうか。

長身ではあるがどちらかといえば細身の宮城は、いわゆる組にいる武闘派の屈強な男たちとは違って見えた。だが、どんな得物《えもの》を持っていても恐れることなく相手に向かい、的確に急所を狙って攻撃し、徹底的にダメージを与えるやり方は到底素人とは思えなかった。

「あの、宮城さんって、いったいどういう人なの？」

そのとき、孝義は父に初めて彼のことを訊いてみた。もし、今後もこういうことが起こり得るなら、納得して彼の警護を受け入れなければならない。ならば、彼の素性もきちんと知っておきたいと思ったのだ。彼は自分自身のことはいっさい語らないので、誰かにたずねるしかない。そして、孝義は生野組の人間とは距離を置いているため、それをたずねるのは父しかいなかった。

「三年前に盃を受けたと聞いたけど、何か毛色が違うとか言ってたよね？」

電話の向こうで父がしばらくの間を置いてから、なぜか低く喉を鳴らして笑っていた。

『父さん……？』

「ああ、あいつはなうちの組の中でも珍獣中の珍獣だろうな」

過去にさまざまな職に就いていた者が生野組に流れ着き、父親のカリスマ性に惹かれて構成員になった例は少なくない。宮城も変わった経歴の持ち主で、少なくとも堅気ではなかっただろうと想像していた。

だが、父親の言葉は大きく孝義の予想を裏切り、同時に言われてみれば大いに納得できる話だった。

『奴は元警官だ。三年前まではうちの事務所のあたりを所轄していた署の刑事で、四課にいた』

「えっ、あの人、刑事だったの?」

驚いた孝義の声に、父は今度こそおかしそうに笑う。

父が組長という立場でありながら、斯界のことには極端に疎い孝義は、同時に警察組織についてもごく一般的な知識しかない。けれど、さすがに四課というのがいわゆる「丸暴」、すなわち暴力団対策に携わる課であることは知っていた。

『奇妙な男でな、警察にいる頃からよくうちの組に情報を流してくれていた。小遣い稼ぎのつもりだったのかもしれないが、べつに借金があるわけでもないし、当時から奇妙な男ではあったな。まぁ、独身で気楽な身なんで、本人にしてみれば警察と組織の間でうまく立ち回っていたつもりだったんだろう』

しかし、生野組に情報を流していたことが警察内部にばれて、三年前に懲戒免職《ちょうかいめんしょく》になった。

『暴力団に情報漏洩《ろうえい》していたとあっては聞こえが悪いんで、別の罪状をでっち上げてのことだがな。で、警察をクビになった奴は生野組を頼ってきたってわけだ』

宮城の素性について話すと、父は以前と同じように彼のことは信用していいと言った。元刑事だったのに暴力団に寝返るような男を本当に信頼できるのだろうか。父はその点についてはまったく疑っていないようだった。

むしろ元刑事だったからこそ、その愚直なまでに任務に忠実な姿勢を買っていた。と同時に、警察に切られて生野組にやってきたことに、彼の決意の強さを感じたという。確かに、宮城自身も自分がようやくたどり着いた場所だからこそ、生野組は守りたいというようなことを漏らしていた。

暴力団を率いてきた長い年月で、裏切りも策略も嫌というほど知り尽くしている父親だ。宮城がどういう心積もりで生野の盃を受けたかは重々わかっているのだろう。

『あの男はもうここ以外に生きていく場所がない。少なくとも本人はそう思い込んでいる。だから、けっして裏切らない。裏切れば、それは今度こそ己自身の死を意味するからな』

修羅場《しゅらば》を数かぎりなくくぐり抜けてきた父の言葉は重い。今は信じるしかないだろう。それに、今回の件で命を助けられたのは事実なので、宮城を京都に寄こしてくれたことについて父には感謝するしかなかった。

ところが、それについて父は何気なく孝義の知らなかった事実を口にした。

『この抗争ではおまえにまで火の粉が飛ぶ可能性があると言い出したのは奴だ。さすがは元刑事だな。そのへんの情報は奴の独自のルートでつかんできた。おまけに、自ら京都に行くことを志願してきたよ。まぁ、こっちにいると古参の幹部と衝突の多い奴なんで、そのほうが組としても都合がよかったんだが……』

父は軽い気持ちで話していたのかもしれないが、その言葉にまたにわかに不安が込み上げてきた。

宮城は父親に命じられて仕方なく京都にきたわけではない。彼は自ら望んで京都にやってきたのだ。案じていたことが現実だったと知った今、孝義は軽い眩暈を覚えていた。

『おまえは俺のものだ……』

またしても宮城の言葉が孝義の脳裏でこだまする。

そこには何か自分の知り得ない、強い力が動いているような気がした。宮城という男のことがますますわからなくなった。なのに、あの男が間違いなく己の支配下にあると信じている父には何も言えない。

そこまでの考えで孝義を警護するため京都にきた人間を、なんとなく苦手でその態度が不遜で怖いからという理由で東京に呼び戻してくれというのは通らない。危機管理という意味において、それはただのわがままでしかない。

孝義は父との会話でひどく暗澹《あんたん》たる気分になっていたものの、それを悟られるわけにはいかなかった。そして、何より自分がこんな目に遭っているのだから、父のほうがどれほど危険な状態にあるのかを思えば、とても穏やかな気分ではいられない。

「僕のほうは宮城さんもいるし大丈夫だけれど、父さんのほうはどうなの？　あれから何か危険なことになっていたりしない？　お願いだから、身辺には充分に注意してよ」

気がつけば、自分がいつも宮城に言われているようなことを父に向かって口にしている。こんなふうに互いの安否を気遣わなければならないというのは、やはり因果なことだった。亡くなった母もきっと草葉の陰で案じているに違いない。

それでも、生野組には古参の幹部をはじめ、大勢の構成員が父親の周囲を固めている。彼らには敵対する組織と対抗するだけの知恵も力もある。

『こっちは問題ない。目障りだが、こういうときは警察を利用するのもいい。これでも税金は払ってるんだから、せいぜい働いてもらうことにするさ』

どこか気楽な口調で言っているのは、いつものごとく孝義が心配しないようにという気遣いもあるのだろう。実際、警察が屋敷を取り囲んでいるとしたら、それは安心であると同時に組にとっては面倒なことでもあるはずだ。きっと本家屋敷に詰めている連中はいつになく緊張状態を強いられているに違いない。

とにかく、父にはくれぐれも今は身辺に気をつけて、一日も早く平穏な日々が戻るよう願っていると告げるのが精一杯だった。

父親との電話を終えたところで、インターフォンが鳴る。モニターに映っていたのは、黒いキャリーバッグとスーツ用のバッグをいくつか持った宮城の姿だった。

片手は包帯でグルグルに巻かれている。その痛々しい姿を見て、孝義は急いで玄関ドアを開けに行く。だが、ドアを開けるなり宮城が不機嫌そうに言った。

「不用意にドアを開けるな」

「でも、モニターに宮城さんが映っていたから……」

「俺の背後に拳銃を突きつけている誰かがいるかもしれないだろう。モニターに映らないよう死角に立つこともできるんだ。どんなに顔見知りであってもドアチェーンをしたまま確認して、ドアを開けるのはそれからだ」

いちいちもっともなことを言われて、孝義は思わず「すみません」と詫《わ》びの言葉を口にしてしまった。するとと、宮城はそれに対しても淡々と言葉を続ける。

「俺に詫びても仕方がない。自分の命だ。少しは自分で守る努力をするんだな」

己が傷つくのも恐れず孝義を守ってくれたことには心から感謝していたけれど、次の瞬間にはこんなふうに突き放して厳しい言葉を吐きつけられ心が萎《な》える。

だが、彼の命令口調や、誰に対しても臆《おく》することのない態度の理由はわかったような気がする。警察出身で元刑事だったから、未だに捜査のときの口調や態度が抜け切らないのだろう。それも暴力団対策本部にいたなら、その目つきが剣呑《けんのん》なものであっても無理はない。

そんな彼を父親は信用していいと言う。孝義は未だによくわからない。けれど、自分のせいで怪我をした宮城をそのままにしておくわけにはいかなかった。

利き腕ではないとはいえ、朝一で病院に行き七針縫われたという彼の左手は包帯で巻かれて見るからに痛々しい。それでは孝義の警護どころか、自分の身の回りのことをするにも不自由そうだった。そこで孝義のほうから、宮城に自分の部屋にくることを提案したのだ。

ずっと必要ないと言い続けてきた警護だが、昨夜の一件で自分が命を狙われていることはあきらかだった。ならば、宮城の警護を受け入れるしかない。そして、彼は怪我をしていても、孝義の警護を辞めるとは思えない。それなら、せめてホテルから通ってくるよりここで生活をともにすれば、それだけ彼の負担が減ると思ったのだ。

宮城は自分のために傷を負ったのだ。父から受けた命令で、それなりの報酬をもらっているとしても、縫った傷がよくなるまで食事やそれ以外にも手助けできることがあれば孝義が協力するのは当然だと思う。

どうせ部屋は余っている。２ＬＤＫのマンションは、一部屋は寝室にしているが、もう一部屋は学業に必要な本や資料などを放り込んであるだけだ。

たまに酔っ払った矢部や、同じ学部の人間が自分の下宿やアパートに戻れずここに泊まっていくこともあるが、そういう場合はリビングのソファをベッド代わりにして眠っていく。

宮城が京都にいる期間があとどのくらいあるかわからないが、彼にその部屋を使ってもらうのはむしろ合理的なアイデアだと思ったのだ。

「ワードローブに少し荷物が入っていますが、邪魔なら出しておいてください。それと、北向きの部屋なので日当たりが悪くて申し訳ないんですが……」

部屋の説明を言い終えないうちにそこに荷物を放り込むと、宮城はあらためて玄関に戻っていった。そこで真っ先にしたのはダブルロックの取りつけだった。メインのロックとドアチェーンの他にドアの上部と下部に二つの補助錠と、サムターン回し対策のカバーを取りつけていた。

窓にもレール部分に補助錠を取りつけ、ベランダにはモーションセンサーで点灯するライトを設置していた。片手が包帯で巻かれて不自由なのにもかかわらず、それらの作業を一時間もかけずに終えると、孝義の予定を確認する。

前原の手伝いはすでにメールで断りを入れておいた。今日は午後からの講義とバイトだと話すと、宮城はいつかのように勝手に外出しないように言いつけ、そのまま自分の部屋に入りベッドへ倒れ込んでいた。数分もしないうちに、静かな寝息が聞こえてきて、彼がひどく疲れていたのだとわかる。

昨夜は警察官がマンションの各部屋を訪ねていたので、宮城はそのまま朝まで部屋に匿っていた。ここへ移ってきてもらうことは昨夜のうちに話していたので、夜が明けるとホテルに戻った彼は荷物をまとめチェックアウトしたのち、近くの外科医で傷の手当てを受けて孝義の部屋にやってきたのだ。

慌ただしい一夜だったし、傷も痛んでいただろうから、きっとろくに眠っていなかったに違いない。それでなくても、孝義の行動に合わせてずっと背後について警護している生活なのだから、気の休まるときもなかったと思う。

ドアを半開きにしたままなのは、何かあったときに物音を聞きつけるためと、すぐに駆けつけることができるようにだ。そこまでして気を張り詰めながら孝義を守る意味はなんなのだろう。もし彼がまだ刑事ならば、犯人に狙われている市民を命がけで救おうとするのは理解できる。

けれど、孝義が暴力団の組長の息子というだけで、命を狙われても仕方がないと思う世間の人もいるかもしれない。また、宮城ももはや刑事ではなく単なる一構成員であり、さらにこれは組長命令でもなく己が志願したことだと聞いている。

（本当に、わからないな……）

組長の息子に万一のことがあったら、指の一本も詰めなければならないのだろうか。だが、父は古い任《にん》侠《きょうどう》道を大事にしているが、考え方は極めて合理的だ。指を落とすというような前時代的な制裁はしないと知っている。

ただ、孝義を守り抜けば組長である父の覚えもよくなり、新参者の宮城でも組織の中で高い地位を得られるのかもしれない。また、元刑事だというから、人一人をまともに警護できないのは彼のプライドにかかわるところもあるだろう。

そういえば、父親も宮城が孝義を襲った男を取り逃がしたのは珍しいと言っていた。つまり、それほどに宮城の腕を買っているということだ。ならば、彼は優秀な刑事だったはず。それなのに、彼は刑事を辞めて生野組の盃を受けた。珍しい素性の者は大勢いる組だが、それにしても刑事から暴力団構成員への転身というのは聞いたことがない。

そこには何か難しい事情があったのだと想像するが、父から宮城の素性を訊き出したものの、孝義の頭は以前にも増して混乱していた。

リビングのドアを開け放したままダイニングテーブルに座り、そこでノートパソコンを広げて今週末提出のレポート作成の続きをやっていると、ときおり微かな呻き声が耳に届く。チラッと廊下のほうを見れば、突き当たりの部屋の半開きのドアの向こうでベッドに突っ伏している宮城の姿が見える。

手の傷が痛むのだろうか。孝義は心配になって様子を見に行こうとして立ち上がったものの、彼の部屋に入るのはためらわれて、ドアのそばからその寝顔を見つめていた。

目を開くとやや三白眼気味で冷酷そうな印象になる。けれど、孝義を暴漢から救い震える体を抱き寄せてくれたとき、彼のその目はとても優しく見えた。

目鼻立ちはとても整っているのに、口を開けばきつい口調で向き合った者を萎縮させる。それでも、彼という人間の中に流れている血はとても熱い。あのとき、宮城の手から流れる血にこの手で触れて、孝義はその熱さに息を呑んだのだ。

人の血はみなあんなふうに熱いのだろうか。あるいは、宮城の血だけがそうなのだろうか。

眠る彼の横顔は美しくさえある。それはまるでフィレンツェ随一の巨匠、ヴェロッキオの描いた洗礼者ヨハネのようにすべてをそぎ落とした美しさだった。

しばらくそこで宮城の寝顔に見とれている自分にハッとして、熱くなっている頬を押さえながらキッチンに向かった。大学に行く前に軽い昼食を摂るつもりだし、きっと宮城も目覚めた頃にはお腹を空かせているだろう。

冷蔵庫からハムとチーズ、レタスとキュウリの他マーガリンとマスタードなどを取り出した。キッチンカウンターには昨日の大学帰りに買ってきたパンがある。その中のソフトバゲットを使って、手早くハムのサンドイッチを作った。

それから、夜食用にと買い溜めしてある缶詰のスープを鍋に入れて温めればいいだけにしておく。宮城はコーヒー派だろうか。一緒にカフェで話したときはコーヒーを注文していたはずだ。

孝義は紅茶のほうが好きなので、コーヒーは挽《ひ》いた豆を買っておいて、深夜の眠気覚ましに飲む程度だった。なので、挽きたての香りを楽しめるような代物ではないが、今日はこれで辛抱してもらうしかない。

だいたい昼食の準備が整って、壁の時計を見れば十二時を過ぎたところだった。午後の講義は二時からなので、そろそろ食べて大学へ行く準備をしたほうがいい。よく眠っている宮城を起こすのは申し訳ないが、声をかけずに勝手に外出すれば、そのほうが彼の負担になるだろうことはわかっている。

電器ケトルに水を入れてスイッチを押してから、宮城を起こしに行こうと振り返ったときだった。

「ひい……っ」

誰もいないはずのそこに人が立っていて、思わず体をびくつかせて声を上げてしまった。

「大学へ行く時間か？」

いつの間にか起きていた宮城が孝義の背後に立って、そうたずねた。一度深呼吸をした孝義が黙って頷く。

こうして足音や気配を消して人に近づくのも刑事のときの癖のようなものだろうか。警護をする場合にはそれも役立つのだろうが、二人きりのときにはできれば勘弁してほしい。

「あの、簡単なものですけど、食事ができていますから……」

カウンターテーブルに並べたサンドイッチを指差してから、スープとコーヒーの用意をしにキッチンに戻ろうとしたら、いきなり宮城に二の腕をつかまれた。

「おい、女の話は断ったんだろうな？」

「えっ、なんのことですか？」

いきなりの質問に一瞬意味がわからず首を傾げたものの、すぐに矢部が言っていた紹介の話だと思い出す。もちろん断ったし、昨日の夜の外出の理由がそもそもその真由利という女の子を避けるためだった。けれど、それを説明するのはなんとなく憚《はばか》られたし、同居は認めてもやっぱりプライベートについてはあまり立ち入ってほしくない。

孝義は小さく溜息を漏らすと、あらためて宮城にそのあたりのことについて説明しておこうと思った。

「この間の話は先輩が勝手に気を回しただけで、僕にその気はありません」

そこまで言ってから、少し自嘲《じちょう》気味に肩を竦めてみせる。

「だいたい、ヤクザの息子だと知ってつき合ってくれる女性がいるとも思えないし、嘘をつき通して恋愛関係を維持できるほど器用じゃないんです。だから、恋人を作ったりして宮城さんの警護の負担を増やしたりはしませんから。ただ……」

今後はこういうプライベートに関することには、もう少し気遣いを持ってもらいたいと思ったのだが、宮城はいきなり孝義の目の前に怪我をしていないほうの手を差し出した。

「だったら、こいつはなんだ？　彼女はいないが、女は抱くつもりか？」

ギョッとしたのは、宮城の手にしているのがコンドームの箱だと気づいたからだ。

「ど、どうして、それを……？」

矢部がこの春先に遊びにきたとき、今度女の子を紹介するからいい感じになったときには使えと言って置いていったものだ。もちろん使う予定などなかったし必要もなかったのだが、矢部にしてみれば思いやりのつもりなのはわかっていたから、無下に突き返すことができなかっただけだ。

それに、その箱は孝義の寝室のデスクの引き出しに入れてあったはず。それを持っているということは、孝義が食事の用意をしている間に起きて、部屋を勝手に見て回ったのだろうか。

たった今プライベートについては深く立ち入らないでほしいと言うところだった。なのに、いきなりこんな真似をされて、しかも詰問までされるなんて考えられなかった。

さすがに昨夜の件は自分が悪かったと思ったが、また宮城という男への不信感が募る。不信感というより、不愉快さと不可解さといったほうがいいかもしれない。

孝義はどうしたらわかってもらえるのだろうと、溜息とともに額を片手で押さえる。

「だからっ、どうしてそんなふうなんですか？　警護の件は認めますし、協力もします。でも、僕にも僕の生活があるし、プライベートというものがあるんです。それを尊重してもらえないなら……」

「もらえないなら、なんだ？　おまえがどう思おうと構わない。俺はおまえのそばを離れるつもりはないからな」

「そこまでして僕を守って、何があるっていうんです？　父の覚えがめでたければそれだけ早く出世できるってことですか？　まったく、わからない人だな。警察を辞めてまでヤクザの世界で出世したいなんて、少しおかしくないですか？」

何が常識で何が正しくて何が正義かなど、しょせんヤクザの息子の孝義が偉そうに言えるわけもない。けれど、ここまで人格を無視する態度でこられたら、どうしても文句の一つも言いたくなってしまう。

宮城はコンドームの箱を握り潰すと、孝義の顔をじっと見て言った。

「俺が元刑事だったことは聞いたのか？　で、ヤクザの世界で出世したいだって？　考えてないな、そんなことは。正直、俺には生野組も組長もどうだっていいんでね」

「え……っ？」

それはどういう意味だろう。組織の構成員でありながら、組も組長もどうでもいいなんて言葉はあり得ないはずだ。だったら、いよいよ彼が孝義の警護をしている意味がわからない。だが、その瞬間、昨日の夜のことを思い出した。孝義の命を守り、傷つきながら満足げに微笑んでいた宮城の顔だ。

「わけがわからない様子だな。まぁ、無理もないだろう。だが、俺はもうここまできちまった。この人生は引き返せない。すべておまえのせいだ。だから、諦めろ」

「ぼ、僕のせい……？　諦めるって……？」

キッチンの中で身を引いていく孝義に、宮城がゆっくりと近寄ってくる。

「逃げるなよ。俺から逃げようとするな」

「で、でも……、あの……」

宮城の鋭い視線が孝義の体を硬直させる。そのとき、彼の頬が微かに持ち上がって笑みが浮かぶのがわかった。いつか見たことのある、あの奇妙な笑みだった。

「なぁ、この間は気持ちよかったか？」

その言葉にビクリと身を震わせた。何を言われているのかわかっている。宮城の顔が淫靡《いんび》に歪む。この男はほとんどその表情を変えることがないくせに、ときおり独特の空気をまとって孝義の感情を呑み込んでしまうような顔をして見せる。

「や、やめて……ください。さ、触らないで……っ」

蛇《へび》に睨まれた蛙《かえる》のように、孝義は怯えて体を硬くしているばかりだ。気がつけば壁に背中がついていて、それ以上後ろに下がることはできない。前から宮城が迫ってくるが、その横をすり抜けて逃げることはできそうにない。

たとえ怪我をしている相手であってもきっと無理だ。もとより、心身ともに鍛えてきた元刑事の彼と、机上の学問しか興味のない学生の自分では力の差は歴然としている。そればかりか、彼の怪我が自分のせいだとわかっているだけに、宮城に対して攻撃的な真似ができるわけもない。

「おまえなんだよ。俺の人生をここまで狂わせたんだ。好き勝手に逃げられると思うよな」

「な、なんのことですか？　僕が何をしたんですか？」

そうたずねながら、孝義は宮城との最初の出会いを思い出していた。マンションのエントランスで初めて顔を合わせたとき、彼は「久しぶりだな」と言ったはず。孝義は覚えていないが、宮城は過去に自分と会ったことがあるか、あるいは見たことがあるという口ぶりだった。

（でも、いつ、どこで……？）

孝義にはまったく思い出せなかった。刑事だったというのだから、組の捜査をしているときに孝義を見かけたというのだろうか。それなら、あっても不思議ではないだろう。

そんなことを考えていると、いきなり宮城の包帯を巻いていないほうの手が孝義の首に回り、壁に体を強く押しつけられた。息苦しさとともに怯えが込み上げてくる。こんな真似をされたら、守られているのか痛めつけられているのかわからなくなる。

だが、宮城は孝義の顔にくっつくほど近くに自分の顔を寄せてくると、うっすら開いた唇から長い舌を出した。ビクッと震える孝義の体をしっかり壁に縫いつけたまま、彼はその舌で頬をベロッと嘗める。

そのとき、ゾクゾクっと背筋が震えた。同時に、あのときの淫らな感覚が孝義の体の中に蘇ってくる。

（嫌だ、嫌だ、嫌だ……っ）

心が叫んでいた。この体に封印しているものを解放しないでほしい。そう願っていたのに、宮城はあっさりとそれを暴き、解き放ってしまう。

体は身を捩りながらも宮城の舌の感触と、触れてくる手の温《ぬく》もりに感じてしまう。それだけではない。包帯を巻いた手までも体を撫で回してくるから、孝義は泣きそうになりながら震えてしまう。その包帯の白さが孝義を縛るのだ。自分のせいで傷ついた人を、さらに自分の手で払いのけることはできない。

けれど、このままだとあのとき以上に恐ろしいことになってしまいそうだった。あのとき以上の恐ろしいこと。それは、孝義を淫らな淵《ふち》に突き落としてしまうに違いない。そして、その予感は外れてはいなかった。

「こいよ」

宮城が低い声で言った。いつもどおりの命令口調だ。逆らえばどうなるのだろう。何があっても孝義を守ると言っていた男の目が殺気に満ちていて、彼の手を拒めばすぐさま喉を絞められて殺されそうだった。

それでも孝義は指一本動かせない。泣き出しそうな顔で震えているばかりの孝義に苛立ったように、宮城は喉を押さえていた手を離して二の腕をつかんでくる。

そのまま引きずられるようにしてさっきまで宮城が死んだように眠っていたベッドに連れられていき、そこに体を突き飛ばされる。

俯《うつぶ》せて倒れ込んだ孝義が短い悲鳴とともに振り返ったら、宮城が自分のジャケットを脱ぎ捨てていた。それればかりか、体を返し仰向けになった孝義の腹に馬乗りになってくると、身につけていたシャツのボタンを乱暴に外そうとする。

「やめてっ、やめてくださいっ。お願いだからっ、お願いしますっ」

悲痛な声で叫びながら、彼の手を止めようとする。両手と片手の攻防なのに、なぜか勝てない。強い意思を持った片手に、及び腰の両手は抗い切ることができないのだ。

シャツのボタンのいくつかは乱暴に引きちぎられた。そして、素肌を晒した胸元に宮城が自分の唇を寄せてくる。

「白いな。男のくせに骨が細い。おまえは子どもの頃からそんな感じだったよ」

ニタリと笑って言う。やっぱり、この男は自分の子どもの頃を知っている。でも、孝義には思い出せない。その事実がまた孝義を怯えさせる。いったい、この男は何者で、何を考えているのだろう。

守ると言いながら体を張るくせに、今は孝義を押さえつけてまたあのときのように淫らな目でこの体を見下ろしている。その視線に晒されて、孝義の体は震えながらもどこか奥深いところで怪しい疼きを思い出す。

あのときみたいに淫らな真似はしたくない。そう思えば思うほどに、体が自分の気持ちを裏切りそうになる。自らの高ぶりの気配を察して、孝義は咄嗟に体を返してベッドから逃げようとする。

宮城は四つに這う孝義の髪をつかみ、頭を強引に持ち上げて耳元で囁く。

「おまえに女は必要ない。どうせ女なんか抱けやしない。しょせん、おまえはヤクザの息子だ。自分でもわかっているようだが、その血からは逃れられないんだよ。だが、心配しなくていい。飢えることのないよう、俺が満足させてやる」

何をしようとしているのか、考えただけで恐ろしかった。この間のようなことはもう二度とごめんだ。しかし、現実はそれ以上に残酷だった。

膝《ひざ》と包帯を巻いたほうの肘《ひじ》で巧みに孝義の体を押さえ、右手でジーンズの前が開かれる。そのまま下着を一緒に脱がされて、下半身がむき出しになってしまった。

「ひぃーっ、い、嫌だっ、やめてーっ」

本気で叫んだ。それでも宮城はドアに補助錠をつけているときの手つきと同じで、まるでそれが必要な作業だというように淡々と孝義の後ろの窄《すぼ》まりに手を伸ばしてくる。

その部分に触れられたとき、思わず背筋が仰《の》け反《ぞ》った。だが、その背中をまた宮城の膝が強く押す。そして、背後で何かガサガサという音がするのを聞いて、恐る恐る顔だけで振り返る。

さっき宮城が孝義の部屋から見つけて握り潰したコンドームの箱を右手と口を使って開き、中身を取り出しているのがわかった。それを見て、まさかという思いに今度こそ顔面から血の気が引いた。

「後ろの経験はないのか？　だったら、少し辛いかもしれないが、辛抱するんだな。じきに慣れる」

「な、何をするつもり……？　い、嫌だ、む、無理だから、お願いです。しないで、しないでください……っ」

悲痛な声で訴える。だが、心からの願いはいとも簡単に無視される。宮城は自分の思うようにするために、包帯の巻かれた手さえ巧みに使い、孝義は怪我人が相手であっても、なす術《すべ》もなくまた哀れな懇願を繰り返すばかりだった。

◆◆

人の肌が思いのほか温かく、また思いもよらぬ快感を与えてくれることを、孝義は宮城の手によってついこの間知ったばかりだった。

もちろん、それは孝義が望んだことではない。それでも、体は高ぶり、快感に揺さぶられて果ててしまった。けれど、これは違う。

「い、痛いっ。やめてっ。お願いっ。やめて……っ」

軽く擦られ一度は硬くなっていた前はもうとっくに萎えている。今は羞恥と痛みが体と心を支配していて、俯せた体が懸命に逃げ出そうともがいているばかり。

孝義の涙交じりの悲痛な声を聞いても、宮城の動きはまったく迷いも躊躇もない。女性との関係を詰問し、隠し持っていたんじゃないかと非難がましく手にしていたコンドームを今は彼自身が使っている。指にそれをつけて孝義の後ろの窄まりをまさぐり、そこの具合を確かめるように抜き差しを繰り返す。自分の指でさえ触れたことのない場所に他人の指を押し込まれて、孝義は呻き声と掠れた悲鳴を交互に上げた。

「硬いな。まったく使ったことがないのか？」

もちろん、そんなところを使ったことなどない。自慰《じい》をしても前しか触ったことがない。ましてや他人にまさぐられているなんて信じられなかった。

矢部がよけいな気を回して置いていったコンドームがこんなことの引き金になるなんて思っていなかった。こんなことになるならさっさと処分しておけばよかったと思ったが、もう遅い。それに、若い男なら誰でも持っていそうなものを見つけたからといって、これほどまでに宮城に責め立てられる理由がわからない。

「ひっ、い、いぁ……っ。く、苦しい……っ」

コンドームの先端についていた潤滑剤のぬめりで、宮城の長い指がズルズルと奥へ潜り込んでいく。苦痛に身悶えて背中を仰け反らせると、包帯を巻いたほうの手の肘で強く押される。膝裏も膝で踏みつけられる。どこもかしこも痛い。痛くて苦しい。そして、惨めで恥ずかしい。

「この歳までまっさらとはね。おまえがヤクザもんの息子でよかったと、今初めて思ったぞ」

後ろの硬さに舌打ちをしたかと思うと、なぜか似合わない笑い声を漏らしてそんなことを言う。だが、今はその言葉の意味を深く考えている余裕がない。とにかく、少しでも体が楽になればいい。一刻も早くこの苦しみから逃れたいだけだ。

「このままじゃ埒があかないな。まぁ、少しくらい苦しいのは辛抱しろ。そのうち慣れるだろうしな」

恐ろしい言葉とともに、宮城がそこから指を抜き去った。だが、ホッとしたのも束の間だった。すぐさま今度は自分自身のものにコンドームを被せると、さんざん指で嬲ったそこに先端を押し当ててくる。それだけで体が危険を察して、シーツをかきむしりその場から逃げ出そうと這う。

「うわーっ。ああーっ、ああ……っ」

指なんかとは違う。押し当てられたものの熱さと太さが感覚的にわかったからだ。そんなものを押し込まれたら、苦しさのあまり息が止まって死んでしまうかもしれない。本気でそう思ったのだ。

「じっとしてろ。でないと、自分がよけい痛い思いをするぞ」

きっぱりと言うと、もうなりふり構わず泣き喚く孝義の中に己自身を埋め込んできた。

「ひぃーっ」

ガクガクと頭を上下に揺らしてから、今度は懸命にその首を横に振る。痛みのあまり叫び、やがて掠れていった声の代わりに唯一自由になる頭で訴えるしかなかったのだ。

「う……っ。クソッ。やっぱり、きついな……」

だったら、すぐに抜いてほしい。そう思っても、宮城のものはさらに奥へと潜り込んでくる。どこまで耐えたらいいのだろう。

気が遠くなるような思いでいたら、いきなり宮城の手が孝義の前に回ってきた。包帯を巻いていないほうの手だ。孝義の股間をやんわりと握り、すっかり萎えたそこを擦ってくる。

「嫌だ、嫌……っ」

そんなことをされても気持ちよくなんてなれない。この痛みを凌駕《りょうが》する快感などあるわけがない。そう思っていたのに、宮城が孝義の前を愛撫しながら、背中に唇を寄せてきたとき、わずかだが体の奥にチリッと熱い疼きが起きたのがわかった。

そして、彼の左手の包帯の感触を脇腹に感じると同時に、背中に触れた唇が少し離れては名前を呼ぶ。

「孝義……、孝義……」

どうして、この男は自分のことを名前で呼ぶのだろう。他の父の配下の者たちのように「坊ちゃん」と呼ばれるのは好きじゃない。けれど、よく知りもしない男に名前を呼び捨てにされていることが不思議なのだ。

それも、宮城のその声はまるで懐かしい者とか愛しい者に向かって囁きかけるような響きがある。それが妙に心地よく孝義の耳に響く。そう思ったとき、わずかに孝義の前がピクリと反応した。

（う、嘘だ……っ）

後ろの痛みが消えたわけでもないのに、体の奥からあのときと同じ感覚がじわじわと込み上げてくるのがわかる。心で何度も嘘だと叫んでいるのに、体がそれを裏切るように高ぶっていく。まるで快感のスイッチが入ったかのように、気がつけば止めることができなくなっていた。

「よし、いい子だ。そのまま息を吐いて、力を抜くんだ」

言われたとおりになんかしたくない。でも、そうすれば少しでも楽になれるかもしれないと思う心が、

宮城の言葉に従わせてしまう。

「ああ……っ。はふ……ぅ」

息を吐いた途端、宮城自身がまた奥に入ってきた。もうこれ以上行けないというところまできて、一度動きを止めてから、今度はゆっくりとそれを引き戻す。

「あっ、ああ……っ」

押し込まれる痛みと同じでそこが引きつるような感覚があった。だが、それだけじゃない。背筋が震えて何かが駆け上がっていく。同時に、自分の股間が硬くなって先端から濡れたものがこぼれ出していた。

それを宮城の手が指の腹で弄《もてあそ》びながら、擦り上げる速度をじょじょに上げていく。宮城自身もまた腰を動かすリズムを合わせてくるので、二人の呼吸も合ってくる。

「あっ、い、嫌っ。こ、こんなのは……、これは、嫌っ。お、おかしい……」

泣きながらもそう叫んだのは、自分の体が確かに快感に呑み込まれていくのがわかったから。あんなに苦しんで羞恥に身悶えていたのに、この瞬間に全部がどうでもよくなって、ただ乱れて吐き出してしまいたい欲望に押し流されていきそうになった。

「駄目っ、駄目だ……っ。やめて……ぇ」

弱々しく最後に叫んだとき、孝義は宮城の手の中で果てた。宮城も動きを止めて、ブルッと身を震わせたかと思うと、孝義の体の中に欲望を吐き出した。

生温かい感触がコンドームを隔ててもじんわりと伝わってくる。この瞬間、これまで感じていた宮城への怯えがあきらかに変化した。

怖いと震えているだけではいられない。なぜなら、自分という存在がこの男を何かに駆り立てているからだ。そして、孝義はその強い感情に呑み込まれてしまい、宮城という男のすべてがものすごい勢いでこの体と心の中へ流れ込んでくるのを感じていた。

「孝義、おまえは俺のものだ……」

またその言葉を言う。なぜだろう。なぜ宮城はそう言い切るのだろう。彼の強い感情はわかるけれど、その背後にあるものがまだわからなくて、孝義はただ呆然と弛緩した体をベッドに横たえているばかりだった。

その日の午後の講義を受けることはできなかった。単位が危ないわけではないが、前原教授の講義だったから逃したくはなかった。けれど、宮城に抱かれた体はだるくて、シャワーを浴びたあとにはしばらく自分の寝室でぐったりと横になっているしかなかった。

宮城は孝義が部屋にいるので警護が楽で助かったのかもしれない。彼もシャワーを浴びたあとは、孝義が温めようと準備していたスープと一緒にさっき作っておいたサンドイッチを部屋に運んできてくれた。気遣ってくれたのかもしれないが、あまり嬉しくはなかった。それより、もう悪ふざけや冗談ではすまない。完全に一線を越えてしまったと認識した今は、何をどうしたらいいのかわからない。

「このあと予定があるんじゃないのか。さっさと食べろ。そのサンドイッチ、なかなかうまかったぞ」

どうやら宮城はすでに食事をすませてしまったようだ。そう言ったあと、すぐに出ていくことはなく、しばらく孝義の部屋を見回していた。

相変わらず遠慮も何もない。いっそ鍵でも取りつけようかと思ったが、きっとこの男は必要ならそんなものくらい簡単に壊してしまうのだろう。そして、孝義のプライベートなどまるで取るに足らないことのように無視してしまえるのだ。

「また探しものですか？　もうあなたに文句を言われるようなものは隠していませんから」

力ない声でそんな嫌味しか言えない自分が情けない。だが、宮城は孝義のそんな言葉さえも無視して、部屋に貼ってあるポスターをぼんやりと眺めている。

それは、イタリアルネッサンス全盛期の頃のベネチア派の画家、ジョルジョーネの絵だった。タイトルどおり、「嵐」になりそうな空模様の下で、裸体で赤ん坊に授乳する女性とその女性を横目に見つめる男が一人という構図で成り立っている。

この絵がベネチア・ルネッサンスの最大の謎とされているのは、この男女の関係があまりにも不可思議であることと、その背景に含まれた意味だった。

ジョルジョーネは、同時期に活躍し油彩画の技法を確立したティツィアーノと同じベッリーニ工房の出身だが、三十余歳の若さでペストにより亡くなったため作品数は多くない。

この時代、裕福なパトロンから発注を受けて描く絵は、依頼主の希望に添って作品の中にさまざまな暗号や暗示を含ませることがよくあった。この絵もまた貴族の個人的な注文によって描かれたものらしいので、そこにはなんらかの暗号が隠されていて、それゆえに絵の解釈が難しくなっているのだろう。

今世紀になるまで多くの研究家たちが議論を重ねてきたものの、未だにルネッサンス期最大の謎を含んだ絵という位置づけにあった。もちろん、孝義にとっても大いに興味のある作品で、大学一年の夏休みに出かけたイタリア研修旅行のときに手に入れたポスターをこうして自室の壁に貼っている。

「奇妙な絵だな……」

宮城がボソリと呟いた。

「え……っ？　何がですか……？」

命を救われたことで一度は開きかけた孝義の心は、さっきの無体な仕打ちによってまた頑なになっていた。けれど、突然呟かれたその一言に、思わず宮城の顔を見上げて訊き返してしまった。

この絵が奇妙ということは、彼にもイタリア絵画に関するなんらかの知識があるのだろうか。あるいは、個人的な趣味で絵を鑑賞するような男なのだろうか。

だが、次の瞬間、彼は肩を竦めてみせる。

「よくわからん。よくわからんが、何か怪しげな絵だ」

「そ、それは、『ラ・テンペンスタ』という絵です。描かれている風景や男女の姿に、多くの謎があるといわれています」

孝義もまたボソボソと絵の説明を口にした。自分たちは呑気にこんな会話をしている関係ではないはずだ。

「そいつはイタリア語か？　嵐という意味なんだろう？　確かに、空は今にも荒れそうだな……」

そう言いながらも、宮城はやがてその絵に興味を失ったように視線をこちらに向ける。途端に、孝義は緊張に包まれて頬を強張らせた。けれど、どうしても確認しなければならないことがある。

「あの、どうしてですか……？」

ベッドで体を起こしたものの、サンドイッチに手を伸ばすことなく宮城にたずねた。

「何がだ？」

しらばっくれているのだろうか。それとも、本当に孝義が何をたずねているのかわかっていないのだろうか。あんな真似をしておいて、どうして涼しい顔でいられるのだろう。彼にとっては今回のことも、前の悪ふざけの延長なのだろうか。

もしこれからも同じことが繰り返されるかと思うと、不安のあまりいっそ自分のほうが東京に逃げ帰りたいくらいだった。

もちろん、大学があるからそんなことはできない。また、命を狙われているのも事実だし、立場上警察に保護を頼めないかぎり、父に無駄な心配をかけないためにも警護は拒むべきではないとわかっている。

「生野組のためか父のためか、あるいは自分のためなのかは知りませんが、僕を守ってくれていることはわかります。でも、この間といい、今日といい、なぜこんなことをするんですか？」

孝義が女の子とつき合うようになれば、警護の負担が増えるから性欲くらい処理してやるというのなら、大きなお世話だと言いたい。

自分は何度も言ったように、今は恋愛に興味はないし、女性とつき合うことなど考えていない。女性に興味がないことまで告白するつもりはないが、少しは孝義の言葉に耳を傾けてくれてもいいと思うのだ。

ところが、孝義の戸惑いに対して、宮城はまるで自分の言葉をきちんと理解しようとしないほうが悪いとでもいわんばかりに苛立たしい様子で言う。

「だから、言ったはずだ。俺は『組』も『生野孝信』もどうでもいいんだよ。俺がほしいのはおまえだけだからな」

「ど、どうして……？」

なぜ孝義がほしいというのだろう。その「ほしい」というのは、どういう意味なのかも理解できない。

たとえば彼が同性愛者であり、性的欲望を満たす相手が必要だったとしても、それは孝義でなくてもいいはずだ。それなのに、彼は孝義を自分のものだと主張する。その奇妙な執着は何ゆえなのだろう。

「なんでですか？　本当に意味がわかりません。ほしいとか、それって何かおかしくないですか？　なんで、僕なんですか？　それに、あんな真似をするのもおかしいです。だいたい男同士で……」

納得のいかない自分の気持ちをあれこれ訴えているうちに、今また思い出したことがある。宮城は最初に会ったとき孝義の幼い頃を知っているような口ぶりだったのだ。

宮城の孝義に対する奇妙な感情は、やっぱりその頃の出会いに関係しているのだろうか？

「あ、あの、もしかして、僕が子どものとき、あなたと会ってるんですか？」

真実を知りたいと思いそう訊いてはみたが、それを知ったら後悔しそうな予感がした。でも、謎を解く鍵はそこにあるとしか思えない。

すると、宮城は孝義のそばまでやってきて、顎に手をかけ強引に顔を持ち上げる。その目を見たら、なぜか自分の心を見透かされ奪い取られそうな気がして、頑なに視線だけは逸らしていた。

そんな孝義の態度に苦笑を漏らしたかと思うとあっさりと顎から手を離し、またさっきのポスターの前に行く。そして、その絵に描かれた女と男を順番に指して言う。

「この女はおまえの母親だ。この男が俺か。そして、おまえは……」

そう言った宮城の指が、絵の中で母親に抱かれて乳を吸う赤ん坊を示した。

その瞬間、ゾゾッと背筋に何か冷たいものが走った。謎の多い絵になぞらえて、その登場人物を置き換えた。ただそれだけのことなのに、そこに何か大きな含みがあるのがわかったからだ。

「俺が刑事を辞めることになったのも、生野組の盃を受けたのも、すべてはあの日おまえを見たからだ」

「えっ、あ、あの日って……？　刑事を辞めた理由って……」

思いがけない言葉に、孝義の困惑はさらに深まった。あの日と言われても、まったく思い出せない。いったい、いつ自分は宮城に会っているのだろう。混乱する頭の中で、懸命に自分の過去を呼び起こす。まるでビデオを巻き戻すように、大学から高校、高校から中学、そして小学生の頃の自分へと遡《さかのぼ》って記憶を手繰《たぐ》る。けれど、そのどこにも宮城の姿はない。

「不安そうな目をして震えるおまえは、まるでこの世の生き物ではないかのように儚《はかな》げだったよ。俺は自分の目を疑って、思わず時間が止まったような気さえした」

「ちょ、ちょっと待ってくださいっ。それは、いつ……？　思い出せないんです。僕にはわからない……」

孝義が必死で考えながら片手で頭を押さえる。そのとき、宮城がまたそばまできたかと思うと、今度はベッドに座り孝義の体を自分の胸に抱き寄せて耳元で囁く。

「無理に思い出さなくてもいい。思い出したところで、今のおまえの立場になんの影響もないからな。考えるだけ無駄だ。それより、俺がここにいることを受け入れるんだな。おまえが生き伸びる道はそれしかない」

何も考えなくていい、何も思い出さなくていいと言われても、そんなわけにはいかなかった。宮城が刑事を辞めた理由と生野組に入った理由が自分にあるとしたら、どうしてもその出会いを思い出さなければならない。そうしなければ、孝義は今の自分の身の上に起きているとんでもない現実を正しく把握することができないからだ。

「成長する姿はときおり見ていた。願っていたとおり美しいままに育っていくのを見るたび、ほくそ笑みたい気分だった。だが、おまえが京都に行ってからというもの、俺はおまえに会えず飢えていたんだ。それでも、今はおまえのそばにいる。おまえは俺のものだ。だから、抱いた。やっとこうして触れられるようになった。やっと手に入れた。つまりは、そういうことだ」

どんな言葉も孝義の頭のはるか上を通り過ぎていくようだった。宮城の話している言葉は理解できるのに、その意味が頭に入ってこない。この男は何を言っているのだろう。

ただ、まったく予測していなかった、常識では測れない現実が己の身に降りかかっているということだけははっきりとわかった。そして、自分はとんでもない男を部屋に招き入れてしまったということだ。

この現実から逃れる術を見出すことができるのだろうか。

(どうしよう、どうしたらいいんだろう……)

孝義はこのつかみどころのない恐怖と戸惑いに、静かに嗚咽を漏らすばかりだった。

◆◆

あれから一週間が過ぎて、宮城の手のひらの怪我もずいぶんよくなっていた。今朝方病院へ行って抜糸をしてもらったのか包帯も外して、今は簡単なテーピングだけになっている。

無理矢理抱かれて、宮城にはよっぽどホテルに戻ってくれと言おうかと思った。でも、結局は言えなかった。それを言うのはあまりにも身勝手な気がしたのだ。そして、怪我が治ったからといって、やっぱり部屋を出ていってくれとは言えない。

ただし、この身に起きた出来事は、どうしても納得ができない。それは、孝義にとってはもはや冗談や悪ふざけの域を超えていた。宮城は絶対におかしい。彼の行動原理が、孝義には理解できない。それでも、はっきりとわかっているのは彼が孝義を守るためにここにいるという事実だった。

不安の影がつきまとう今、彼の存在に頼っている自分がいる。納得できないことは山ほどあるが、それでも折り合いをつけていかなければならないというのだろうか。

現状の難しさは理解していても、こんな生活が長く続けば、自分が壊れてしまいそうで怖い。早く東京での抗争が落ち着いて、宮城の警護から解放される日がくるよう祈るばかりだ。

だが、東京ではそんな孝義の気持ちを挫《くじ》くような事件が起きていた。その日の朝、大学に出かける前にニュースを見ていると、周辺の景色にモザイクがかかっているが、どこか見覚えのある屋敷の映像が映っていた。

その映像に被るように、女性アナウンサーの硬い声が事件を伝えている。

『かねてより新興勢力との抗争が問題視されている、広域指定暴力団興隆会生野組の生野孝信会長宅に暴漢が押し入り、中にいた構成員と揉み合いになった際、持っていた拳銃を三発発砲。うち一発が生野会長の肩に命中し、現在病院で治療を受けているとのことです。また、犯人はその場で取り押さえられましたが、警察で取り調べたところ、生野組と対立関係にある……』

ダイニングテーブルでトーストと紅茶の朝食を摂っていた孝義は椅子から立ち上がり、呆然とテレビの画面に見入る。見覚えがあるどころか、それは実家の屋敷だ。そして、父が撃たれたという。

ニュースの中では安否を詳しく告げてはくれず、もっぱら昨今の暴力団の抗争について一般市民がなんらかの形で巻き添えになりはしないかと案じ、警察への取り締まり強化を望むアナウンサーのコメントで締められていた。

そこへキッチンで自分のコーヒーを淹れた宮城がやってきた。ニュースを聞いても特に動揺もしていない。

「宮城さん、知っていたんですか？」

「昨夜、本家の牛島から連絡が入っていた」

事件の報告と孝義の安否確認の電話だったという。

「どうして教えてくれなかったんですかっ？」

孝義は噛みつくように訊いた。

「おまえが知ったところでどうにもならないだろう。それに一夜明ければ全国ニュースになって、嫌でもこうして耳に入ってくる」

宮城だけが重要な情報を把握していて、孝義に何も話さなかったのはおかしい。少なくとも父親が負傷しているというのに、何も知らされずにいたことが許せなかった。

「父の容態は？　それも聞いているんでしょう？　教えてくださいっ」

「命に別状はないだろうということだ」

「そ、そんなっ。でも、撃たれたんでしょうっ。場合によっては、僕は東京に戻らなければなりません」

孝義は本気だった。父に万一のことがあったなら、息子として自分はどんな危険があってもそばに駆けつけたいと思っている。

「おまえが行ってもなんの役にも立たない。生野孝信をやり損ねた今、代わりに狙いやすい標的が現れたら敵が喜ぶだけだ」

「そういう問題じゃないですっ」

孝義はキッチンカウンターに置いてあった携帯電話を取ると、電話帳から自宅の番号を選ぶ。普段は父の携帯電話に直接かけるが、今は入院しているだろうし容態もわからないから実家にかけるしかない。屋敷には通いの家政婦や組の若い連中が必ず数人はいるはずだ。誰でもいいから電話に出た者に、父のことを訊こうと思っていた。だが、その携帯電話を宮城が例によって強引に取り上げてしまう。

「返してくださいっ」

孝義が手を伸ばせば、それをリビングの片隅に向かって投げてしまう。ムッとした孝義は文句を言おうとしたが、それよりも先に電話を取りに行こうとした。

だが、宮城が孝義の肩をつかみ行かせまいとしたばかりか、無理矢理自分のほうへ振り向かせて強く抱き締めてくる。

「や、やめてくださいっ。何するんですかっ。今はそんなことをしているときじゃ……」

「危険だとわかっている場所に、おまえをノコノコ行かせるわけがないだろう」

宮城の腕は強く、孝義は彼の胸に抱き寄せられたまま身動きもできない。けれど、今は自分の危険より父のことが心配なのだ。

「放してっ。放してくだ……」

怒鳴っているのに、いきなり唇が塞がれた。宮城の唇が重なってきて、背中に回された両手にさらに力がこもる。

「んん……っ、んぁ……っ」

宮城の舌が乱暴に口腔で動き回っていた。ときに喉の近くまで押し込まれて、苦しさにえづきそうになっても放してくれない。両手の拳《こぶし》で懸命に宮城の胸を叩いてなんとか抵抗するが、それくらいでは彼の体を突き放すことなどできないとわかっている。

やがて息苦しさと力では敵わない諦めによって、ぐったりと彼の腕の中で全身が弛緩する。抵抗をやめれば宮城の力も少し和らぐ。そして、ようやく唇が離れ、孝義は上がった息とともに呟く。

「もう、嫌だ……。あなたといると僕は……」

壊れてしまう。なのに、みなまでを言わせず宮城が先に言う。

「おまえは俺のそばにいればいい。そうすれば守ってやれるからな」

そして、その無骨な大きな手で孝義の頬をそっと撫でる。まるで大切な何かを包み込むような仕草に、また宮城という男がわからなくなる。

心が弱っているときこんな真似をされると、つい縋ってしまいそうになる自分が怖い。宮城の視線は一点の曇りもなく、ただ孝義だけを見据えている。そこにある奇妙な執着はときに狂気にも思えるが、ときに何よりも心強い盾ともなる。

この男を信じたいと思う自分と、受け入れたら最後骨まで喰らい尽くされると怯える自分がいた。

(でも、逃れられない運命というものがあるのだろうか……)

ずっと現実から逃げてきた孝義だが、宮城の言うとおり自分がどこの誰であるかという事実からはけっして逃げ切れないのだ。

「本当ですか？　本当に守ってくれるんですか？」

この男を受け入れる覚悟はまだない。けれど、今は父のためにできることを考える。だから、今一度宮城にそう確認した。

　宮城は思っていたとおり、微塵の躊躇も迷いもなくきっぱりと頷く。ならば、孝義が東京に戻るとき、彼も一緒に東京にくればいいだけだ。そして、思うままに孝義を守ればいい。

　いつになく挑戦的な孝義の言葉に、彼は不敵な笑みを微かに浮かべてみせた。

「ああ、いいだろう。おまえがそのつもりなら、一緒に東京に戻ることにしよう。だが、今はまだ駄目だ」

「どうしてっ？」

「親父さんの容態はさっきも言ったように、命に別状はない。それよりも、あの警備が厳重な本家屋敷で鉄砲玉にカチ込みされたってのが問題なんだよ」

　そう言うと、宮城は腹立たしげに舌打ちをして呟いた。

「牛島の奴、下手を打ちやがって……」

　要するに、本家屋敷は生野組の本丸だ。外出中に狙われたというのならいざ知らず、屋敷に踏み込まれたあげくに組長を撃たれたとあっては、構成員にしてみればしくじったというだけではすまない。

　現在敵対している組織だけでなく、他の組織に対しても生野は警備が甘いと知らしめた形になるのだ。

　宮城の話によると実家に押し入った鉄砲玉というのは台湾系マフィアらしいが、相当の命知らずだと思う。ただ、警察が周囲を警備していたことでかえって生野組に油断を招いてしまったのだろう。警察のチェックを通り抜け、本家屋敷の門をくぐってきた人間に警戒心を抱く者はいなかった。

　そもそも警察の警護といっても、彼らは周囲の住民がトラブルに巻き込まれないために警護しているようなものだ。表向きはいざしらず、腹の中ではヤクザ者同士が屋敷の中で殺し合ったところで、そんなものは見て見ぬふりだ。

「世の中の汚いものがそれで減るなら、警察にとってはむしろ都合のいい話だろうが」

元刑事の宮城の口から聞かされると、ひどく真実味がある。だが、それだけに気持ちの落ち込む話だった。また、本家屋敷にいた組の連中も、修羅場には慣れていて度胸はあるとはいえ警護のプロではない。宮城のように対象者のプライベートさえも踏みにじり、徹底的かつ合理的に警護するという知恵はなかったということだ。

さっきのニュースの情報では、その男は宅急便の配達を装って勝手口から訪ね、応対に出た家政婦に怪我を負わせて屋敷に踏み込んだという。宮城からすれば、屋敷にいた者の甘さを罵りたくなる気持ちもわからないではない。

とにかく、ある程度事態が落ち着くのを待って帰省するようにと宮城は説得する。もちろん、その言葉はいかにも彼らしく微塵の遠慮も思いやりもないが、間違ってはいないと孝義にもわかる。

「これは親父さんの意向でもある。息子をわざわざ危険な中へ呼び寄せようなどと思う親はいない。だから、俺には連絡を入れてもおまえには直接連絡をしなかったんだ。それに、本家屋敷はまだ蜂の巣を突いたような騒ぎになっているはずだ。そんなところにド素人のおまえがノコノコと帰ってみろ」

つまりは、生野組の人間にとってお荷物で迷惑な存在となってしまう。そして、父は孝義の顔を見て喜びはしても、それ以上に抗争の渦中に戻ってきた息子を案じて、己の療養どころではなくなるだろう。

宮城の言葉はいちいちもっともで、どんなに気持ちが焦っていても承諾するしかなかった。

「父さんは本当に大丈夫なのかな……」

もちろん、牛島には電話してその容態を確認するつもりでいる。けれど、今はもう一度宮城の口からはっきりと聞きたかった。ときに大切なことでも口を閉ざしてしまうけれど、彼が話す言葉に嘘はない。だから、宮城に父は大丈夫なのだと言ってほしい。

「心配しなくてもいい。本当にヤバイときは隠し立てしない」

そう言って、不安に打ちひしがれる孝義をまた抱き締める。こんなのは間違っていると思う。それでも、昨夜といい、今といい、この腕の中にいると確かに自分は安全なのだと思える。

無体に抱かれたという現実と、命を守られているという現実。どちらも確かに現実だが、京都で学業に専念する生活もまた現実で、それらをどうやって自分の中で折り合いをつければいいのかがわからない。

東京を離れて三年。こちらでは親しい友人ができたとはいえ、それは実家のことを隠したうえでの関係だ。けれど、宮城は違う。何もかも知っている彼の前でなら孝義は生身の自分でいられる。ただし、この体までも彼に暴かれるとは思っていなかっただけ。

一生誰とも体を繋げることはないと思っていたのに、この体の奥深くに沈めていた欲望を解放したのもまた宮城なのだ。このままこの男といると、彼の過激で歪んだ執着に溺れてしまいそうな自分が怖かった。けれど、そこから救ってほしいと手を伸ばす相手は、やっぱり宮城しかいない。それもまた、孝義にとっての現実だった。

牛島に確認すると、父の容態は今のところ安定しているということだった。

『坊ちゃんのことを案じておられますよ。東京に戻りたい気持ちもわかりますが、ここは一つ宮城の言うとおりにしてやってください。親父さんのことはわたしらが必ず守りますんで』

牛島とは実家で何度か顔を合わして挨拶程度は交わしている。だが、電話でとはいえ、こんなふうにきちんと話をしたのは初めてのことだった。

見るからに武闘派で強面《こわもて》の男だが、電話で話しているかぎり言葉遣いは丁寧で、事態の報告も明瞭で的確だ。組織では幹部になればなるほど、身だしなみも言葉遣いや態度もきちんとしたものになっていく。牛島や関東全域を統括する若頭の立原という男も、一般社会の中にいてもまったく違和感がなく、ときには顔に似合わず柔和な雰囲気をかもし出すこともある。

そんな彼から父の安定した容態を聞いて何よりも安堵した。

『親父さんもあと二、三日もすれば退院できるでしょう。夏に墓参りに戻られるまでには、なんとしてでも今回の件に決着をつけておきますんで……』

このときばかりは牛島も決意のこもった低い声で言った。あのとき本屋屋敷に詰めていた連中にしてみれば、実の親よりも大事に思う組長に危険が及んだことで、指を詰めるどころか切腹でもして詫びを入れたい心持ちなのだという。

孝義の父親はそういう前時代的な悪しき因習を徹底的に排除してきた人なので、誰もがそんなことはしないでいるが、息子の孝義に対しても面目が立たないと心底恐縮しているのだろう。

今回の件を踏まえて警備をさらに厳重にしてもらいたいが、報復行為に出て抗争をこれ以上複雑にしないでほしい。あくまでも組の部外者である孝義は、遠慮気味にそれを牛島に伝えることしかできなかった。

「くれぐれも無理や無茶のないようにお願いします。それから、父のことをよろしく頼みます」

そう言って電話を切ったあと、孝義はいつもどおり大学に行く。

塞ぎ込む孝義の気持ちと同じで、季節は梅雨に入り傘を持って出かける日も多くなった。実家のことに心を痛めてはいても、近頃はレポート提出が重なり、中期試験も控えているので学業のほうが忙しい。それに、バイトの家庭教師で受け持っている生徒も試験が近いというから、それに備えた模擬試験問題なども作っておかなければならなかった。

なんとも落ち着かない日々だった。それでも、大学にいればありきたりな日常にホッとすることもある。

「タカヨシっ、おまえ、ずっとどこに雲隠れしていた？」

その日、大学でお昼を食べようとしてカフェテリアのドアを押したところで、背後からいきなりそう呼ばれて羽交《はが》い締《じ》めにされた。

こういうスキンシップをするのは孝義の多くもない友人の中で矢部しかいない。そして、振り返ればそこにはいつもと変わらない明るい表情の彼がいた。

「先輩、ちょっと苦しいです。離して……」

このまま首筋に腕を回したままでいたら、今にもそのあたりの物陰から宮城が飛び出してきそうで怖い。だが、矢部との関係はきちんと説明しておいたので、これくらいの悪ふざけではもう宮城が気配を消して駆け寄ってくることはなかった。

矢部には近頃ずっと不義理を続けている。女の子を紹介すると言われても逃げてしまい、宮城がいきなり現れてすごんだ件での説明も適当な嘘をついてごまかし、その後も何度か誘われた合コンを断っていた。

「なんか久しぶりだな。講義には出ているみたいだけど、『王子』は近頃そそくさと帰っちまうって噂だぞ。何か怪しい真似してんじゃないだろうな？」

カフェテリアでそれぞれ今日のランチを注文してテーブルに着き、互いの近況報告になる。

「どうでもいいですけど、その『王子』ってのはやめてください」

色白でひ弱げな容貌のせいか、一部の女の子から自分がそう呼ばれていることは知っている。なので、矢部がときにはからかい半分にそう呼ぶのだが、正直恥ずかしすぎて受け入れがたいあだ名だった。

「ところで、あの怖い叔父さんはもう東京に戻ったんだろ?」

「えっ、あっ、ああ、それは……、もう……」

矢部が言うところの「怖い叔父さん」は、もちろん宮城のことだ。孝義が苦しい言い訳をしてごまかしたとき、宮城は京都で一人暮らしする孝義を案じてやってきた、親戚筋の叔父だと説明したのだ。

「だったら、少しくらい羽目を外しても大丈夫だな。なぁ、今年の夏休みはどうする? 盆は帰省するとしても、ずっと東京ってこともないよな?」

いきなり夏の予定を訊かれて、孝義はまた矢部があれこれと友達を集める企画をしているのだと思った。それに誘ってもらうのは嬉しいけれど、今年の夏は盆を待たず早々に東京に帰省するつもりだった。ただし、例の抗争問題に決着がついていないかぎり、すべては流動的でどうなるかわからない。いずれにしても、三年の夏は院への進学の準備もあって、遊び呆けているわけにはいかなかった。

矢部本人は来年の春に卒業予定だが、すでに京都市内のデザイン事務所に就職の内定をもらっているので気楽な夏なのだろう。むしろ、この夏が遊び納めで、張り切っていろいろな計画を立てているようだ。

「というわけで、俺らの学部の四年と三年の合同合宿ってのを考えているわけよ。企画はバッチリ。参加メンバーも着々と集まってる。が、問題は合宿の場所だ」

相変わらず思いつきはいいが、最後の詰めが甘い。人を募っておいて、入る箱がなければどうしようもない話だ。そこで、矢部が真面目な顔をして孝義に訊く。

「おまえのところって、父親が企業経営しててそれなりの規模なんだろ。だったら、会社の保養所とかそういう場所はないの？　二泊三日くらいで安く借りられたら、万々歳なんだけど……」

そういうことかと苦笑が漏れた。確かに、保養所はないわけではない。父が昔から懇意にしていた箱根の温泉旅館や、山梨《やまなし》の宿坊《しゅくぼう》などがあるにはある。ただし、服役していた者が戻ってきた際に慰労したり、警察に追われている連中を匿ったりするために利用している場所なので、気軽に紹介できるわけもない。

「あいにくですが、うちは関東で細々とやっている企業なので、関西にはそういうつてはないんです」

恐縮して言うと、矢部は露骨にがっかりしたものの、場所は自分で探すから孝義には必ずその合宿に参加するように言いつける。

「実家に戻らなければならないんで、ちょっとわからないですけど……」

曖昧な返事をすれば、矢部はカフェテリアの丸いテーブルの向かいから、孝義のすぐそばまで椅子を引きずるようにしてやってくる。そして、真面目な顔で孝義の手を握り、その顔をぐっと近づけてきて言う。

「これは先輩命令だ。絶対にこい。いいか、おまえがくるってだけで、女の子の数が十人増える。ついでにそのクオリティが二十パーセント上がる。わかるな。おまえの責任は重大だ。いい加減自覚しろ」

そうは言われても、孝義は答えに困る。それにしても、これほどまで矢部の顔が近くにあって、孝義は気恥ずかしさに俯きそうになりながら、何か奇妙な感覚があった。

（なんでだろう……？）

以前ならもっとこの胸がドキドキしたはずだ。矢部の明るい笑顔と、屈託のない喋り方、裏表のない態度。それらのどれもが孝義の心を惹きつけた。なのに、今の自分はそんなふうに心が騒いでいない。

「俺もさ、来年は就職だろ。マジで今年が勝負なわけ」

「でも、先輩は彼女がいるんだから、いまさら勝負も何も……」

さんざん孝義に紹介しようとしていた真由利という子の友人が矢部の彼女で、つき合ってもう一年以上経っているはずだ。ところが、矢部は難しい表情になると一言だけボソリと呟いた。

「あの子な、別れたんだ」

「えっ？　な、なんでですか……？」

咄嗟にそう訊いてから、いささかデリカシーに欠けた質問だったと自分の口を押さえた。だが、矢部はまったく気にしている様子もなく、あっさりと別れた理由を話す。

「俺の就職口を聞いて将来性がないって思ったんじゃないの。あれこれ言葉を濁していたけど、要するに『さよなら』だ。女って、マジで怖いよな」

溜息まじりに言う矢部に、孝義はなんと答えたらいいのかわからない。慰めたいけれど、適当な言葉を思いつかない。

そんな孝義の胸の中には、少しばかり複雑な思いがあった。矢部が大学に入って以来、ほとんど途切れることなく彼女がいたのは知っている。明るくて人好きがして、容貌もいまどきの若者らしく垢抜けているし、関東でも関西でも自分らしく生きていけるバイタリティのある人だ。

そんな人としても魅力的な矢部が、後輩というだけで孝義を気にかけてくれることに感謝していた。でも、それだけなく矢部が彼女と別れてしまえばいいのにと願う、孝義の暗い願望があった。そうすれば、自分を構ってくれる時間が増えるというあさましい考えに、己自身を嘲笑ったこともある。

けれど、不思議なことに今になって彼が恋人と別れたと聞いても、孝義の心は何も感じてはいない。なぜなのかわからない。以前と変わらず、矢部は魅力的だと思うのに、さっき顔が近づいたときと同様に、以前のように心が妖《あや》しく騒いではいなかった。

「というわけで、俺はこれから仕事と友情に生きることにした。だから、今度の合宿は絶対にこいよ。おまえは俺の希望の光だ。すなわち、こんな感じ」

そう言うと、矢部はダ・ヴィンチの聖ヨハネを真似ているのか、人差し指を天上に向けてみせる。「人々の希望の光となる神が、間もなく降臨する」ことを示唆した作品。有名な絵の意味になぞらえて自分の気持ちを表現するのは、孝義たちの学部ではよくやっている冗談だ。

聖ヨハネ像はダ・ヴィンチが恋人だった男性をモデルにして描いた、彼の理想の美貌と言われている。以前の孝義なら、そんな矢部の何気ない冗談にも過剰に反応していたかもしれない。しかし、今はそういうこともなくただ笑ってやり過ごした。

昼休みが終わる前に矢部は誰かと約束があると言ってカフェテリアを出ていった。その後ろ姿を見送って、一人残された孝義はぼんやりと考える。

あれほど心惹かれていた矢部といても、なぜ以前のように気持ちが浮き立つことがないのだろう。その答えを孝義はもう知っている。それは、ここにいるのは人肌の温もりを知らなかった以前の自分ともう違うからだ。

それを教えたのは、今もこのカフェテリアのどこかに影のように潜んでいる宮城だった。あの男が孝義に本当の人肌の熱さを教えただけでなく、もがいても拒んでもそこには抗いがたい快感があると教えたのだ。

心が伴っていないのになぜだろう。孝義にはわからない。いくら心で否定しても、認めたくはなくても、体がそれを知ってしまった。孝義は宮城が怖い。彼から逃げる術を探している。なのに、同時に宮城という男に、まるで自分を鏡で映したような親近感を覚えてもいる。

近頃は宮城の存在が常に目の前にある。目に見えていないときでさえ、彼は孝義に囁きかけるのだ。

『おまえは俺のものだ……』と。

違うと叫べば虚《むな》しくその声が自分の胸の中でこだまする。あの狂気と執着に捕らわれまいとすればするほど、自分の行き場がなくなるような気がする。心がもがくほどに明日が見えなくなっていく。

悩む孝義の逃げ込める場所はたった一つ、芸術の世界だけだった。午後からは前原のイタリア美術史の講義がある。孝義もまた食べ終えたランチのトレイを返却口に戻し、講義室へ向かう。

朝から空は灰色だった。そして、天気予報どおり午後になってパラパラと小雨が落ちてきた。午後から降り出したこの雨は、きっと明日の朝まで降り続くのだろう。

孝義はこの雨がこれ以上何か不穏なものを自分に運んでこなければいいと願っている。あの『ラ・テンペスタ』の絵のように、孝義の人生はすでに嵐の真っ只中だ。これ以上の風雨に、自分の気持ちは耐えられそうにない。

午後からの講義を受けたあといつもどおり教室に残ってノートの整理をしていると、部屋を出ていこうした前原が孝義の姿を見て声をかけてきた。また何か手伝うことがあるのだろうか。今日はバイトもないので、資料整理でもデータの打ち込みでもできる。だが、前原の話はそうではなかった。

「院への進級だけど、今年と来年の成績次第なので今の調子で頑張っていれば問題はないと思うよ。ついては、ちょっと面白い話があるんだけれど、もし君に興味があればと思ってね」

そんなふうに声をかけられて前原の話を聞けば、それは今年の秋からのイタリア留学の話だった。半年間、交換留学の形でフィレンツェの大学で学ぶことができる。ただし、条件は教授の推薦状とイタリア語の授業についていけるだけの語学力があることだった。

「急なことなんでどうかと思ったけれど、君ならイタリア語もかなりできるし、わたしも自信を持って推薦できる。後継者を育てる意味でも君には期待しているんだ。どうだろう、悪い話ではないと思うんだけどね」

思いがけない話だったが、ずっと夢見ていたことでもあった。

日本を離れ、イタリアでルネッサンス芸術を肌身に感じながら、現地の大学の専門家からその知識を学べる貴重な機会だ。

前原自身も大学のときに一年間ローマに留学しており、各地を旅行してあますところなくルネッサンス期の芸術を自分の目で見て回ったという。それは、人生の中で最も充実した一年であったと今でも講義の中で語っているくらいだ。

孝義にとっても大学一年のときの二週間ばかりの研修旅行と違い、きっと実りの多い時間が過ごせるだろう。

「これが向こうの大学のパンフレットだ。わたしの旧友が今は講師として勤めている。期限は半年だが、本人が希望すればもう半年の延長も可能だ。向こうの大学で得た単位は日本でも認められるから、院への進級には問題ない。いや、むしろその実績は大きくプラスになると思う。なので、ぜひ前向きに考えてみないか？」

孝義は手渡されたパンフレットを受け取りながら、夢のような話に胸をときめかせていた。何より、他のどの学生でもなく、孝義にこの話を持ってきてくれた前原に感謝したかった。

真面目なほうだとは思うが、自分のように地味な学生のこともきちんと見ていて、目をかけてくれるその心遣いが何より嬉しかった。

　だが次の瞬間、本当に自分にそれが許されるものかどうか考える。これ以上の気ままをしていいものだろうか。そもそも、こういうタイミングで日本を出てもよいものだろうか。父のことを思うと、孝義の心境は複雑だ。

　牛島は夏までにすべてに決着をつけると言っていたが、何かその手立てがあるのだろうか。もし、この抗争が秋まで長引けば、自分だけイタリアに行くというのはなんだか気が引ける。

　イタリア留学となれば関東と関西間とは違い、万一何かあったとしてもすぐさま父の元に駆けつけることができない距離だ。不吉なことは考えたくはないが、常に命の危険に晒されているのが父の立場なのだ。その現実から目を背けてはいけないことくらいわかっている。

　孝義はパンフレットをデイパックに入れてキャンパスを出る。途中、友人から声がかかり一緒にカラオケに行かないかと誘われたが、いつものように笑顔で「また今度」と断った。

　カラオケや飲み会など賑やかな場所は苦手だ。けれど、あまり周囲から浮いてしまうのも嫌なので、三、四回に一度くらいはつき合うようにしている。

　ただ、今は私生活があまりにも落ち着かず、とてもそんな気分にはなれなかった。それに、そんな人の大勢集まる場所に出向けば、背後を警護している宮城にも迷惑がかかる。今は身の回りと行動範囲はできるだけシンプルにしておくほうがいい。

　近頃の自分の行動はすべて宮城の監督下にある。それを不満に思うことは今もあるけれど、心のどこかで安堵している。

　無理をしてカラオケや合同コンパに出かけるのは自分らしくない。成長して実家から遠く離れても、子

ども の頃と変わらず一人静かに本を読んで、好きな絵を見て過ごすのが好きなのだ。
宮城の存在を言い訳に使いながらも、嘘で塗り固めた友人関係に後ろめたさを感じなくてもいい毎日は、少しだけ孝義に心の平穏を与えてくれていた。

◆◆

『心配をかけてすまなかったな。本当はもっと早く退院したかったんだが、医者が大事を取れとうるさくてな。病院でじっとしているほうが、警察も警護がしやすくて楽だっただろうしな』

銃弾を肩に受けた父だが、幸い弾は肉を抉《えぐ》って掠めていっただけなので命に別状はなかった。治療と療養のため十日ほど入院をしていたが、医者の許可が出るなり実家に戻ってきたようだ。病院の食事が口に合わず辟易としたと笑っているが、とにかく元気そうな声が聞けてよかった。

『今回のことで北関東会《きたかんとうかい》も本格的に腰を上げると言ってくれた。極力穏便に話はつけるつもりだが、相手が相手なんでな。おまえにも迷惑をかけるが、今しばらく辛抱してくれるか』

「迷惑だなんて。それに、僕には宮城さんがいてくれるから……」

孝義は自分のほうはまったく案じることはないから、とにかく養生して一日も早く怪我が完治するのを願っていると伝えた。そして、今年の夏は早めに帰省すると告げると、牛島と同じようにそれまでにはすべてにカタをつけておくからと言う。

手打ちなのか相手を完全に潰すつもりなのか孝義にはわからないが、抗争の鎮静化のためになんらかの段取りは進んでいるのだろう。宮城ならその内容を聞かされていると思うが、孝義にそれを教えてくれるとも思えないし、聞いたところで心配の種が増えるばかりだ。

先週は父が撃たれたというニュースを見てすっかり動揺していた孝義だったが、結局は宮城の言葉どおり父は無事に退院したし、自分が東京に駆けつけたりしないでよかった。素人があの場にいれば、下手な混乱を招き、面倒をかけるばかりだっただろうと冷静になってみればちゃんとわかる。

あのとき宮城は自分を抱き締めて落ち着かせようとした。そんな宮城の手を一度は拒もうとしたが、返ってきたのは深い口づけだった。

あのときばかりではない。この部屋で生活をともにするようになり、宮城はふと思い出したように孝義の髪や頬を撫でることがある。その都度、自分をじっと見つめる宮城の鋭い視線に孝義の体は怯えから激しい緊張を強いられる。

この手は自分を傷つけはしない。この手は自分を守ってくれるもの。そう言い聞かせているけれど、同時に彼は自分を暴くものでもあるのだ。

その日も大学から戻ったあと自室でレポートのまとめと学期末試験の勉強をしていたが、夕刻になって食事の用意のためにキッチンに立った。家庭教師のバイトは生徒の都合で七時からなので、孝義はいつも早めに夕食を摂って出かける。

そこへ宮城がやってきて、自分の使っていたマグカップを流しに置きながらたずねる。

「今日、あの教授となんの話をしていた?」

カップを置いた宮城の手が孝義の肩にかかり、そっと二の腕を撫でていく。

「えっ、あっ、あの、学期末試験のことと、院への推薦状の件で……」

咄嗟にそう答えたが、本当は違う。この間持ちかけられたイタリア留学の件について、さらに詳細を聞いていたのだ。が、なぜかイタリア留学の話は宮城にはしないほうがいいような気がした。前原と話している姿は遠目に見ていても、その内容が聞き取れる距離にはいなかったはずなので、孝義の嘘はばれないはずだ。すると、宮城はわずかに二の腕をつかんでいた手に力を込めたかと思うと微かに頷いてから呟いた。

「そうか……」

何か疑われただろうか。自分の態度はどこか不自然だっただろうか。少しばかり後ろめたい気持ちをごまかすようにたずねる。

「あ、あの、それより、夕飯はこれとパンでいいですか？　サラダくらい作りますから」

ガステーブルには昨夜宮城が作ってくれたポトフの鍋がある。彼はずっと独身で一人暮らしだったというので、簡単な料理はできるようだ。孝義も大学に入って京都で暮らすようになってからは、けっこう料理を覚えた。

そんな二人なので同居をしていても、食事は比較的きちんと料理をして食べている。これまでは友達が訪ねてきたとき以外はほとんど孤食だった。東京にいるときも父の仕事が仕事なだけに、外での会食も多く、孝義は一人で食事をすることが多かった。

だから、宮城と二人で向き合って食事をしていると、なんだか不思議な気分になる。組織の誰とも親しくすることのなかった自分なのに、父の口からでさえ「珍獣」という言葉の出る男と生活をともにしているのだ。

「あ、あの……」

宮城と向き合って食事をしていたとき、孝義はふと思い立って口を開いた。宮城がサラダに入ったブロッコリーを避けながらこちらを見た。孝義の作ったのはごくありきたりなグリーンサラダだが、彼はブロッコリーが苦手らしい。

それは、紅茶よりコーヒー党であるという以外に、宮城について新たに知ったことだった。いかめしい顔をした男が、真面目な顔でブロッコリーを避けている姿はなんだか微笑ましい。

「宮城さん、ご家族は東京ですか？」

彼が独身だというのは父から聞いている。だが、彼の年齢なら両親はまだ健在だろう。

「そんなことを訊いてどうする？」

「いえ、べつに……。ただ、こうしてわけあって同じテーブルで食事をしているのに、宮城さんについては何も知らないので……」

「俺が元刑事だということは知っているだろう。家族のことなんぞ聞いても意味はないぞ」

彼は孝義のことを子どもの頃から知っているらしいのに、孝義は宮城について何も知らないというのは少し不公平な気がしたのだ。なのに、宮城の返事は取りつくしまもない。

これまで組員の誰とも親しくしようとはしなかったくせに、自分のこういう態度も現金かもしれないけれど、今回は特殊な事情でこうなっているのだ。自分に対する奇妙な執着の理由を探るためにも、彼という人間を知りたいと考えるのは自然なことだと思う。

だが、宮城が自分の家族や過去を気軽に話してくれるとも思っていなかった。ただ、一応訊いてみただけだと自分自身を宥めながら、また黙ってポトフを口に運ぶ。それでも、内心溜息を漏らしたときだった。

「実の母親は俺が八歳のときに亡くなった。喉頭ガンだった」

「え……っ？」

てっきり自分については話すつもりがないのかと思ったが、いきなり宮城がそう言ったので思わずスプーンを持つ手を止めて彼を見た。

いつもあれほど鋭い目で孝義を見つめる宮城が、今はなぜか視線を逸らしている。

「お母さん、亡くされたんですか……？」

孝義の母と同じように病で逝ったという。それも、孝義よりも幼い頃に死別しているのだ。自分たちの過去にそんな共通点があったとは夢にも思わなかった。いつもとは反対で、今は孝義のほうがじっと宮城のことを見つめていた。

「父親は高校の教師だったこともあり、教育熱心で正義感と責任感を持って生きろというのが口癖の男だった。母の死後、二年ほどそんな父親との二人暮らしだったが、やがて新しい母親がやってきた。俺が十歳のときだった」

宮城の父親はまだ幼い息子に母親がいたほうがいいと思ったようだ。だが、宮城は新しい母親と相性が悪かったらしい。

「母親に懐かない息子を頑固者だと思っていたんだろう。中学を過ぎた頃から父親ともあまり口を利かなくなった」

孝義は特殊な環境で生まれ育っているせいもあり、父とは距離を置かざるを得ない立場にあったため、かえって思春期や反抗期などもないままに接してきたところがある。でも、普通の家庭では息子というのは、父親に対して頑なな態度を取る時期があるものだろう。

「俺は早く自立したかったんで、高校を卒業してすぐに警察学校に入り家を出た」

中学の頃からろくに口を利かなくても、正義感と責任感を持つ人間になれという父親の言葉は宮城の中にしっかり根付いていたらしい。

「寮もあったし、初任給も悪くなかった。それに、何より社会悪を取り締まるという仕事には生き甲斐があると思えた。実際、警察は俺にとって居心地のいい場所だった。今思えば、我ながらクソ真面目に勤務に励んで、上の覚えもめでたく、二十五で刑事課に配属されたときは嬉しかったね。世の中の悪に手を染めた穢れた連中を、この手で捕らえることができるのは痛快でさえあったしな」

「そ、そうなんですか……」

それなのに、今はヤクザになっている。孝義は彼の心境の変化をどう受けとめたらいいのかわからず、複雑な心持ちで呟くしかなかった。すると、宮城のほうから自嘲的にたずねてくる。

「だったら、なんで刑事を辞めたんだって思っているんだろう？」

その心境の変化の原因になったのが孝義だと言われても、やっぱり納得はできない。

「あの、僕はいつ宮城さんに会っているんですか？　あれからずっと考えているんですが、どうしても思い出せません。もしかして、生野組の捜査にかかわっていたんですか？　それで、どこかで僕を……」

そのことになると、宮城はまた口を閉ざしてしまう。話したくないのか、言っても仕方がないと思っているのだろうか。一度閉ざされた宮城の口はもう開くことはなかった。

まるで自分の人生の欠けたピースが見つからないような、なんともいえない気分になる。けれど、宮城という男のことは少しだけわかった。

彼の父親は還暦《かんれき》を迎えてすぐに他界したという。もとより折り合いの悪かった義理の母親とは現在ほとんど音信不通らしい。なので、彼がヤクザになっても悲しむ者はいないと自嘲的に笑っていた。

彼もまた早くに実の母親を病で喪い、本当の自分を理解してくれる存在のないまま孤独に生きてきた男なのだと思った。そして、その気持ちは、孝義には痛いほどによく理解できた。

警察官になって、刑事になって、彼は世の中の悪を取り締まることに生き甲斐を感じていたという。今の彼はどうなのだろう。以前は自らが憎み、穢れたものとして見下していたヤクザ者になって、何に生き甲斐を見出しているのだろう。

思いがけず宮城自身のことを聞いたあと、食事の後片付けで流しに立ったとき、ぼんやりとそんなことを考えていて手に持っていたポトフを入れていたシチュー皿を落としてしまった。

孝義が食べ切れず少し残したスープが飛び散って、着ていた白いシャツにはねる。しまったと思ったが、シャツの汚れはかなり目立つので着替えるしかなかった。

家庭教師のバイトは生徒と近い距離で接するし、行き帰りには家族の人と顔を合わせて挨拶をするので、それなりの身だしなみで出かけたいと思っているのだ。

今日は初夏の陽気で大学帰りにはうっすら汗もかいていたので、着替えるついでに手早くシャワーも浴びることにした。時刻は六時前で、バイト先まで二十分ほどだから充分に間に合う。そして、部屋に戻って濡れた髪を乾かしていると、キッチンで食後のコーヒーを淹れて飲んでいたはずの宮城が半開きのドアのところに立っていた。

宮城と同居する前はシャワーのあとに下着姿で冷蔵庫まで飲み物を取りに行ったり、暑い日はリビングでしばらくエアコンの風に当たったりもしたが、今は脱衣所に着替えを持ち込んでいた。

他人と一緒に暮らしている気遣いというのもあるが、何が誘い水になって宮城の欲望を刺激してしまうかわからないから、そういう姿を見られたくないのだ。

今日もジーンズとTシャツ姿で部屋に戻ってきたのだが、宮城はそんな孝義を追ってきて部屋に入ってくる。

「な、何か……？」

「いや……」

そのまま沈黙が続いて、孝義は気まずい思いで視線を逸らす。部屋を出ていってほしいとはなぜか言えなかった。

ドアを半分開け放っていたのは、宮城がここへきてからの習慣だった。孝義の部屋は南側の道路に面した窓があり、建物の二階なので外壁をよじ登って進入してくることも不可能ではない。

部屋のドアを閉じていたら中で何か起こってもわからないから、半分開いた状態にしておくように言われている。宮城もまた孝義の声がすぐに聞きつけられるよう、自室のドアは常に少し開いた状態にしている。そういう意味でも、もはや二人の間にプライベートはほとんどない状態だった。

孝義のそばまできた宮城は、黙って濡れた髪に触れてきた。そのとき、わずかに身を引いたのが気に障ったらしい。いきなり体を引っ張られて、ベッドに連れていかれそこへ押し倒された。

「や、やめてくださいっ。こういうことはしたくないんです……っ」

孝義の言葉は虚しく響くだけで、宮城がそれを聞き入れることはない。

怪我をしているときでさえ力で敵わなかったのに、すでに完治した今の状態では逆らうだけ無駄だとわかっている。だが、これは孝義のプライドの問題でもある。いくら力では敵わないとはいえ、合意ではない性行為を強いられて無抵抗でいられるわけがなかった。

何かわからない恐ろしいほどの執着でもって、成長した孝義を京都まで追ってきたという彼は、組織のトップである生野孝信でさえ恐れてはいない。実際、これ以上自分に手出しをするなら父に言って警護の人間を代えてもらうと言ったときでさえ、宮城は笑い飛ばしてしまった。

拒絶すれば何をされるかわからない。この男は目的のためには手段を選ばない。その狂気が怖くて、孝義の身は竦み、心は強張っていく。

「も、もう勘弁してください。男の体なんか抱いて、何が面白いんですか。本当にこんなのは嫌なんです。それに、バイトの時間もあるし……」

「バイトは七時からだろう。まだ時間はある」

すでに孝義の一週間のスケジュールを完全に把握している宮城に言われれば、返す言葉もない。それでも、懇願すれば一縷《いちる》の望みはあるだろうか。泣きそうな顔で見上げる孝義を哀れに思ってはくれないだろうか。だが、宮城は微塵の容赦もない。

「泣いたところで無駄だ。俺はおまえだから抱いている。男とか女とかはもうどうでもいい。それより、少しは慣れることを覚えろ。どうせ、この先拒み続けてもおまえは逃げられないんだ」

「そんな……」

この男はどこまで自分を貪《むさぼ》るつもりでいるのだろう。こんなことがこの先も延々と続くのかと思うと、気が遠くなっていく。

そんな孝義の絶望の胸の内など気にもとめず、宮城はまだ傷口がはっきりと残る手のひらを股間に落としてくる。怯えと羞恥で縮こまるそこを指先でつまみ上げると、顔を埋めようとしたので孝義が慌てて言った。

「それは、それはしないで……っ」

「どうしてだ？　これが好きだろう？　初めてやってやったとき、簡単にいっちまったじゃないか」

表情の少ない宮城がニタリと笑って言う。簡単に果ててしまうとわかっているから嫌なのだ。なのに、宮城はそうやって孝義が崩れ落ちていくさまを見たいらしい。そうして、肉体的にも孝義を縛ろうとするこの男が恨めしい。

「ああ……っ、嫌だっ、嫌だ……っ。しないで……っ」

ベッドの上で身を捩っても、押さえ込まれている体は股間に生温かい刺激を受けて淫らに反応する。人肌の温もりも知らなかったのに、また宮城の手や口に刺激され、その舌で嘗められ唇で吸われて果ててしまいそうだった。

「ほら、いけよ。それとも、後ろもいじられないといけないか？　そっちのほうの味ももう覚えたのか？おまえ、案外女よりこっちがよかったんじゃないのか？」

違うと懸命に首を横に振る。図星だが認めるわけにはいかなかった。認めてしまえば、また宮城が孝義を支配する口実を与えてしまうだろうから。

「本当に、も、もう……っ、やめ……」

言い終わらないうちに孝義の股間が弾けた。本当にあっけなかった。情けないほどこの体は快感に脆いらしい。こうして慣らされていくうちに自分は自分でなくなり、ただ淫らなだけの生き物になってしまいそうだった。

泣いても何も変わらないことくらい、宮城に言われなくてもわかっている。それでも、また淫らな快感の渦の中に突き落とされて、それに抗えなかった自分自身の不甲斐なさと理不尽な行為への悔しさに涙が

こぼれ落ちた。

「なんでそんなに辛そうな顔をする？　だいたい、泣くほどのことか？」

宮城が孝義の吐き出したものを当然のように飲み下して、傷の残るほうの手の甲で口元を拭ってから訊いた。本気でたずねているのだろうか。まともな神経の持ち主なら、孝義の涙の意味くらい容易に察することができるはずだ。それなのに、泣かせている本人には孝義の苦悩が微塵も理解できていないらしい。

宮城という男が心底恐ろしくなるのはこういう瞬間だった。それでも、彼は孝義の怯えなど気遣いもせずに頬を愛おしそうに撫でながらたずねる。

「女は知らないままで、男にも抱かれていなかったんだろう？」

そのとおりだけれど、答えたくはない。黙っていたらやんわりと髪の毛をつかまれた。宮城の顔が近づいてきて耳元で同じことを訊かれる。それでも口を閉ざしていたら、耳を強く噛まれた。

「あひ……っ。い、痛い……っ」

たまらず涙目になって、宮城の言うとおりだとガクガクと首を縦に振って頷く。

「まったくの手つかずとはね。おまえの体は思いがけず俺を喜ばせてくれたよ。このまま俺だけのものでいるんだ。そうすれば、何も怯えることはない」

そう囁きながら、宮城は孝義の双丘を割り開く。そしてまた、そこに指が伸びてくるのだと思っていた。もう逃げても無駄なことは知っている。だが、今日は違った。

「ひぃ……っ、な、何を……っ」

「じっとしてろ。おまえは痛がってばかりだからな。少しでも柔らかくしておいてやる」

そう言うなり、孝義の窄まりに舌を伸ばしてくる。前ばかりかまさかそんなところまで嘗められるとは思っていなくて、本気で慌てた孝義が必死で身を捩る。それでも孝義の腰をつかむ宮城の手は離れなくて、そこを舌で突くようにされて、途端に体から力が抜ける。

甘く淫らな疼きがそこから駆け上がってくる。これまでとはまったく異質な快感で、これまで以上に強烈に孝義の体を高ぶらせる。

「ああーっ、はぁ……っ、んんっ、ん……っ」

シーツをかきむしっても頭を乱暴に振っても、この快感をどこかに逃すことはできそうにない。さっき果てたばかりの股間がまた熱くなって、じっとしていられない。

それなのに、宮城は舌で嬲るそこに指を添えて奥をまさぐってくる。潤滑剤を使っていないのに、そこはいつの間にか柔らかくほころんで、長い指を呑み込んでいくのが感覚でわかる。

「んんぁ……っ、駄目……っ」

そう言いながら、また硬くなってしまった自分自身に手を伸ばす。それを見た宮城が一度体を起こして微かに笑った。

「痛いのもよくなってきたのか？　それとも、嘗められるのが好きか？」

「ち、違うっ、そうじゃない。そうじゃないけど……」

「そうじゃなければ、その手をどうするつもりだ？」

自分の股間に伸ばそうとした手が止まる。けれど、もどかしさにまた腰が揺れる。そんな姿を見て宮城が強引に孝義の体を返した。

仰向きにされて、淫らに勃起した孝義の股間が晒された。だが、隠す間もなく両足を大きく割り開かれて、膝裏を高く持ち上げられる。さっき濡らされた窄まりも今は全部宮城の視線の先にある。

「ああ……っ、嫌だ……っ」

隠す術もなく泣いて呟けば、宮城は満足そうに口元を緩めている。

「抱いたら少しは変わるかと思ったが、そうでもなかったな。おまえはやっぱり美しいよ」

宮城のような無骨な男に「美しい」という言葉は似合わない。そして、こんなふうに男に抱かれて快感に乱れる自分も、けっして美しくないと知っている。

「もう、やめて……っ。もう勘弁してください。お願い……。お願いだから……」

無駄な懇願を繰り返しても、股間が濡れていくのがわかる。言葉とは裏腹に、まるでもっとほしいというように宮城自身を呑み込んでいく孝義の窄まり。

矢部のくれたコンドームはすでになくなっていたはず。宮城が新しくどこかで買ってきたのだろう。それを使って、宮城は自分自身をゆっくりと孝義の中へと押し込んできた。

「ああ……っ」

また心もないままに抱かれてしまう。孝義の体が宮城のものを呑み込んでしまう。

女性の体に妖しい欲望を抱いたことはなかった。性的な欲望はいつも同性に向けられていたとわかっていた。けれど、同性とこんなふうに繋がることが本当に自分の望みだったのだろうか。

現実にそれを経験してしまった今、自分は何か大きなものを失ってしまったような気がしている。それは取り戻すことのできない何か。そして、孝義の体の中には淫らな澱《おり》だけが積もっていくようだった。

この季節は夕刻の六時なら、日はまだ高く外はけっこう明るい。そんな時間に抱かれて、もう一度急いでシャワーを浴びた孝義は重い体を引きずるように玄関に向かった。

家庭教師のバイトだけは休みたくない。授業料やマンションは父親がかりの生活とはいえ、バイトの収入によって、生活費のいくらかを自分の力でまかなうためにも、学業と同時にきちんとやっておきたいことなのだ。

「場所と時間はいつもどおりだな？」

わかっていることでも、確認は忘れない。これもきっと刑事だった頃の習慣だろう。

孝義がバイトに出かけるときは、当然のように宮城も警護についてくる。そして、さっきまでベッドで孝義を抱いて、泣かせていたことなど完全に忘れているかのように涼しい顔をしている。警護にあたっているときに彼は、元刑事というだけあって徹底的にプロフェッショナルだった。

抜糸はすんだといっても、手の傷も見た目にはまだ痛々しい。食後に化膿止めか鎮痛剤らしきものを飲んでいることもある。外では孝義の後ろをついて歩き、講義やバイトのときには建物の周辺で待機している。部屋にいるときは夜中に何度か起きて、窓にかかったカーテンの隙間から外に怪しい人物がいないかどうか確認していることも知っていた。

狙われている孝義本人よりずっと神経も磨り減るだろうし、睡眠時間も少ないはずなのに宮城はまるで疲れた様子を見せない。それどころか、孝義をベッドやソファに押し倒して抱いたりもする。

どこにそんな体力があるんだと思うが、疲れているときほど性欲が高まることは孝義でも経験がある。そう考えると、やっぱり表情や態度には出ていなくても、宮城もこの警護に疲れているのかもしれない。

孝義はバイト先までの道のりを、いつものように宮城の気配を感じながら歩いていた。もし、自分の警護にやってきた者が宮城ではなくて、孝義を「坊ちゃん」と呼ぶような男ならどうだっただろう。組長命令だから命をかけると言われ、現実に狙われた自分の代わりに怪我を負うようなことがあれば、それはそれで耐えられなかっただろう。

父の率いる組織では組長のために命を張ることは当たり前でも、孝義の生きている世界ではそんな理由で人は命を投げ出したりしない。自分がたまたま生野孝信の息子だったからといって、誰かに命をかけてもらっては困るのだ。己の命はあくまでも己のためにあるはずだから。

けれど、宮城は違う。彼は孝義のために組織の盃を受け、孝義を守るために京都へやってきた。命を張るのは孝義を失いたくないという彼の意思だ。宮城はこれ以上ないほどに心強く、大きな盾となって孝義を守ってくれる。

そのことを思うとき、自分に向けられた宮城の感情はいったいなんなのかと本気で考える。孝義の体を自由にしたい欲望があることは、もう否定し切れない。けれど、それ以前にきっと何かがあるのだ。だからこそ、自分は宮城の存在を拒み切れなくなったのだと思う。

暴漢に襲われた件について、電話で父には心配しなくても大丈夫だと何度も言った。けれど、正直なところ、思いがけない出来事に孝義は精神的にかなりのショックを受けていた。というのも、父が暴力団組織を率いているとはいえ、これまで一度もこの身に危険を感じたことのない人生だったから。

十二歳のときに経験した家宅捜査は恐怖ではあったが、命の危険に晒されることではなかった。だが、今回ばかりは宮城がいなければ、自分は今この世でこうして生きていなかったと自覚している。そして、今も孝義にはわからない距離で、宮城はピタリと後ろについてくれている。

月曜日と木曜日は、七時から九時まで生徒の自宅で教えている。孝義が生徒の家にいる間、彼はいつも何をしているのだろう。

近くにカフェでもあって時間を潰せるのならいいけれど、住宅街であるこの近辺にはそんな店の一軒もない。家の近くの道端で、人に怪しまれないよう身を潜めているとしたら申し訳ない気持ちになる。

実家にいる組の者たちが、孝義のことをよく「地蔵に砂糖をかけたように甘い」と噂して笑っていたのを知っている。本当にあの父の血を引いているのかと、自分でも呆れるほどにお人好しだと思う。

意に染まないセックスに泣かされてもなお、自分の警護をしてくれている男が必要以上に不自由や不便を感じていないかと案じているのだから。宮城が望んでやっている仕事であり、それによって組から相当の報酬も受けていると知っているのに、自分という人間はやっぱり甘いのだろうか。

「うん。全部合ってるよ。じゃ、今夜はここまでね」

孝義は教え子の答案用紙にチェックマークをつけてから、教科書を閉じる。

「それから、これが来週までの課題。一応試験に備えて問題を作ってきたけれど、学校の宿題が多ければ無理しなくてもいいからね」

孝義の教え方は性格どおりスパルタとはほど遠く、生徒がわかるまで何度も説明するタイプだ。課題は一応用意して出すが、それも学校の勉強に余裕があればやればいいというくらい。

こんなやり方が生温《なまぬる》いと思う親もいるかもしれないが、少なくともこの生徒は孝義の教え方が気に入ってくれているようだ。成績も去年から比べればずいぶんとよくなった。この調子なら来年は志望している高校受験にも自信を持って臨《のぞ》めると思う。

九時になって、生徒の部屋を出る。生徒の前ではなんとかいつもどおりの自分でいたつもりだが、帰り際に挨拶した生徒の母親には顔色が悪いと言われ、体調を心配されてしまった。

こういうときに風邪気味というのは、家庭教師としてあまりいい言い訳ではない。試験前の子どもに移してもらっては困ると親は思うからだ。なので、レポートを書くため昨夜は遅くまでかかったので、少し寝不足気味なだけだとごまかしておいた。

ここへくる前に宮城に抱かれて泣いたため、目が赤かったのでその嘘はあっさり信用された。

「芸大生も大変なんやねぇ。まぁ、おきばりやす」

京都弁ではんなりと励まされ、帰り際に有名な和菓子店の生菓子を二つ持たされた。自宅でお茶を教えている家なので、お稽古《けいこ》で余った生菓子をもらうことはよくある。

京都にきたばかりの頃は和菓子に馴染みがなくてあまり好きではなかったが、近頃はすっかりこの上品な甘さが癖になっていて、ときには自分で買い求めることもあるくらいだ。

いつものデイパックに生菓子の箱をそっと入れ、帰宅の途につく。バスを使って二十分ほどの距離だが、この時間はバスの本数が少なくて、自分の部屋の最寄りのバス停に着く頃には十時近くになっている。バス停からは幹線道路沿いにあるスーパーに立ち寄り、買い物をしていく。今夜はさすがに体が辛い。心身ともに疲れきった気分だった。

早く帰って体を休めたい。明日の講義は午後からなので、少し朝寝をしよう。そんなことを考えながら、スーパーの袋を片手に早足でいつもの路地に入っていく。慣れた道とはいえ以前に一度襲われて以来、ここからマンションの前までの街灯の少なさに不安な心持ちになる。

女性の一人歩きなら、きっと大きく回り道をして反対側の大通りから帰宅するだろう。本来なら命を狙われている孝義もそうしたほうがいいのかもしれないが、路地を通り抜けるとずっと近道だし、何より今夜は疲れていたのだ。

それにこの細い路地さえ抜けてしまえば、また広い道に出る。マンションはもうすぐそこだ。やがてマンションのエントランスが見えたとき、あの夜と同じように路地の向こうから歩いてくる人影が見えた。

一瞬、ぎくりとして孝義は足を止める。またあのときのように孝義の命を狙う者かもしれないと思ったのだ。

(ま、まさか……)

疑心暗鬼に過ぎないと己の気持ちを宥めようとするが、あの夜のことを思い出せば孝義の心臓が痛いほど速く打つ。

まだ十時過ぎだ。深夜でもないし、路地の手前なら街灯も少しは多い。このままきびすを返して表通りまで戻ろうか。そう思ったが、後ろを向いた途端背後からナイフを持った男が襲いかかってくるかもしれないと考えると足が動かなくなってしまった。

立ち止まるのが一番まずいとわかっているのに、体が竦んで前にも後ろにも行けない。その間にも人影は近づいてくる。そして、ジャケットの懐に手を入れるシルエットが見えてハッとした。

凶器を取り出してくるのではないかと思ったのだ。だが、近づいてきた男は取り出したものを耳に当てると、明るい声で会話を始めた。

「あっ、俺や。そう。今からそっち行くし、何か買ってくもんとかあるんやったら……」

のんびりとした京都弁でそんな会話をしている。すぐそばで見れば、孝義と変わらない年齢の学生っぽい男だった。

怯えて警戒心の固まりのようになっていた孝義だが、その男が通り過ぎていくとともにふうっと吐息を漏らした。それでも、まだ体の緊張は解けないままだった。

命を狙われ襲われた日からずいぶん経っているのに、未だに心にはトラウマがある。「死」というものがすぐ目の前にあったあの瞬間が、フラッシュバックのように脳裏に蘇るのだ。頭の芯がじんと冷え切ったあの感覚だ。

「おい、どうかしたのか?」

そのとき、背後から近づいてきた宮城の声が聞こえた。ハッとして振り返り、その長身の姿を見ていまさらのように思い出した。

(ああ、そうだった。この人がいるんだった……)

今日もいつもと変わらない深い色のシャツにスーツ姿だ。刑事のときからスーツで捜査していたのだと思うが、その頃はシャツの色は白だっただろうし、ネクタイもしていたのだろう。今は暗いシャツの色とノーネクタイのせいで、職業がよくわからないいでたちだった。でも、彼にはなんとなくこういうほうが似合っているような気がした。

そんな宮城に声をかけられて、無駄に怯えていた自分に苦笑が漏れた。そして、己の臆病さをごまかすように引きつった笑みを浮かべれば、宮城がいきなり孝義の肩を抱いて言う。

「おい、泣くな。大丈夫だ。俺がいつも後ろにいる」

泣いてなんかいない。自分は笑っていたはずだ。それなのに、孝義の涙が見えたかのように宮城はそう言ったのだ。このとき、彼の一言で孝義の全身からふっと力が抜けた。

外にいるときに宮城がこんなふうに体を接触させてくることはなかった。外にいるかぎり、自分たちは警護される者と警護する者というだけの関係だ。けれど、今はなぜか彼の手を肩から払いのける気にはならなかった。

この腕は自分を守ってくれる。それは、帰属する組織のためでも、組織を率いる生野孝信のためでもない。純粋に孝義のためであり、彼自身のためにだ。彼の執着が、誰であろうと孝義を傷つけたり死なせたりすることを許さない。

宮城のことはまだよくわからなくても、それだけは間違いない。そう思うと孝義はふと言葉にならない安堵感に包まれた。

母を亡くしてからというもの、自分をこれほどに思ってくれる存在があっただろうか。父はいつも孝義を案じて、一人息子が好きな道に進むことも許してくれた。けれど、父はときに孝義の父親である以前に「生野組を率いる生野孝信」であり、関東一円で一万を超える構成員のトップという立場にあるのだ。

なのに、宮城という男は一構成員でありながら、孝義だけを見ている。生野組に入った理由も、ここにいて孝義の命を守る理由も、他の構成員とはまったく違っている。孝義のため、孝義のそばにいるために警察を辞めてまで生野組の盃を受けた男。

いったい、孝義の何がそれほどまでに宮城を執着させるのだろう。

人の美意識はそれぞれだし、時代や国や環境によっても違ってくる。もちろん、個人の中にあるフェティシズムというものは理解できるが、宮城の場合それが孝義に被っているということだろうか。ふと宮城の顔を見上げると、彼がいつになく柔らかい表情でたずねる。

「コーヒー豆を買ってくれたのか？」

そう言うと、彼は孝義の手からスーパーの袋を取り上げようとする。

「い、いいです。そんなに重くないから……」

すでに包帯を巻いていないとはいえ、怪我が治ったばかりの宮城に荷物を持たせるのは申し訳ない。それと同時に、宮城のためにさっきの店でコーヒー豆を買ったのを知られたことが気まずかった。

あのスーパーには店内に小さなカフェがあって、そこそこいい豆を量り売りしているのだ。孝義は普段は紅茶しか飲まないので、コーヒー豆を買えば宮城のものだと思われても仕方がない。そして、それはそのとおりだった。

ただ、素直に認めたくなくて黙っていただけ。それを認めれば今の奇妙な同居を認め、同時に彼に抱かれるのを認めることになるような気がしたから。

どんな言葉で説明されても、彼の執着の理由はよく理解できない。なし崩しに抱かれていることも納得はしていない。無理矢理抱かれて、無理矢理従わされて、心は通っていない。

それなのに、二人して身を寄せ合いマンションのエントランスを通り階段を上がっていくこの瞬間、なぜか孝義の心はとても穏やかだった。

どうして自分を抱き寄せる宮城の腕はこんなにも温かく感じられるのだろう。この腕の温もりが孝義の孤独を埋めてくれているのだろうか。

暴力団の組長の息子という出自は、いつだって孝義の肩に重くのしかかってきた。そのためだけではないが、恋愛は諦めていたし、友人関係にも嘘がついて回った。

真実を隠してしか人間関係が構築できないことで感じてきた孤独は、誰にも言えないが計り知れないものがある。そして、その悩みを父に言うことはできず、唯一相談できたであろう母はもうこの世にいない。

けれど、宮城はすべてを知ってなお孝義を追ってきた。それも、刑事という立場を投げ出してまでだ。だから、この男はきっと自分を見捨てない。孝義を一人にして消えてしまわない。そんなふうに思えたのだ。

宮城といるときだけ孝義はあるがままの自分でいられ、出自について引け目を感じることもなく、弱く無力な己を取り繕うこともない。

また、自分の性癖を隠し続けてきた孝義は、恋愛というものを知らない。矢部にほのかな恋心を抱いたこともあるが、その感情は結局憧れを超えたものではなかったように思う。そんな孝義が宮城に対して抱いているこの感情は、何かうまく言葉でいい表せないものだ。

当初の傍若無人な印象は変わらない。言葉数は少なく、感情が表情に出ることも滅多にない。自分自身についても何も語りたがらない。孝義を困惑させることは多々あるし、あげくに合意ではない肉体関係についても未だに怯えを拭えない。

それなのに、気がつけば彼を部屋から本気で追い出したいと思う自分がいなくなっている。なし崩しに体が負けてしまったのだろうか。

（違う、違う……。こんなのはおかしい……）

心の中で何度も呟いていた。いくら男同士であっても、愛のない肉体関係は認めるべきじゃないし、認めたくはない。少なくとも、孝義はそう考える人間だ。それでも、宮城は孝義の戸惑いなど簡単に飛び越えて、この体を抱き締める。この唇に口づける。

宮城が自分に向けてくるこの不可思議な執着は、もしかして愛なんだろうか。あるいは、それに似た何かだろうか。ふと、そのときそんなことを思った。

（まさか……。でも……）

孝義は戸惑いとともに、隣の宮城に自ら体を寄せてその温もりを探ってみる。だが、二人してマンションの階段の二階まできたところで、宮城はいったん孝義を足止めする。

外廊下と玄関前に人が隠れていないかいつもの確認作業をしている。玄関を開けるときも、出かけるときにドアの下部に貼っておいた五センチほどの特殊なブルーのテープが剥がされた形跡がないか確認してから入室が許可される。部屋に入れば、すぐさま新聞受けを開き怪しげなものが放り込まれていないか確かめていた。そこまでして、孝義を守ってくれる彼の思いをどう受けとめたらいいのだろう。

ルネッサンス芸術には、「愛」をテーマに描かれた絵や彫刻は数多《あまた》ある。たとえば、ティツィアーノの有名な作品で『聖愛と俗愛』という絵がある。その絵はさまざまな「愛」の形を教えているという説もあるが、解釈は研究者によってまちまちだ。

この世の「愛」について、孝義が知っているとすればそれは親子の「情」からくる「愛」でしかなかった。だが、自分の知っていた「愛」とはまるで違う何かを宮城は孝義に求めてきた。ただほしいのだといい、彼はそれを手に入れるためには手段を選ばない。これもまた「愛」だといえるのだろうか。

このままだと落ちてしまいそうだった。

(どこへ落ちていくんだろう……?)

孝義は自分に問いかける。答えはわからない。わからないけれど、きっとそこは逃げられない深みなのだと思った。

◆◆

夏の日射しは人々の気持ちを明るくする。春以上に浮かれた気分になって、京都を歩く観光客の姿も一段と賑やかだ。

そんな中、父から孝義に電話が入った。何か例の抗争問題に進展があったのかと思ったが、その件は未だ水面下での折衝を進めているところで、今しばらくは時間がかかるとのことだった。

『昨夜、母さんの夢を見たんだよ。久しぶりに夢に出てきてくれたんで、ちょっと孝義の声が聞きたくなった』

父は暴漢に押し入られて撃たれたときの傷もすっかりよくなったそうで、思いのほか明るい声でそんなことを言う。声色からして例の抗争問題は少し時間がかかっていても、解決に向かっているのだろう。父が撃たれたあと、しばらくはテレビのワイドショーや週刊雑誌などで暴力団の抗争について、人々の不安を煽《あお》るように過激な記事が特集されていた。

もちろん、そのほとんどが嘘だとわかっていても、電車で雑誌の中吊り広告のキャッチコピーを見れば孝義の心は痛んだし、不安も募った。けれど、ここのところ世間の興味もすっかり他に移ったのか、暴力団関係の記事もほとんど見かけることがなくなった。

なので、孝義は今回の父からの電話をいい機会だと思い、前原教授からかねてより勧められているイタリア留学の話を持ち出した。

「とりあえず半年の予定なんだ。でも、希望すれば一年までは延長可能で、単位は日本の大学でも認められるから卒業が遅れることはないよ。院に進むにはむしろ有利なので、教授は前向きに考えるように言ってくれている」

その話を聞いた父は、また亡くなった母のことを思い出したように懐かしそうな声で呟く。

『やっぱり、おまえは母さんに似ているな。あいつもきれいな絵が大好きだったよ』

母は貧しい家の出だったので、高校を卒業してすぐに夜の店で働くようになった。店の上客であった父と知り合ったばかりの頃は、ヤクザ者だとは知らなかったらしい。同伴出勤するときも、高級な店で食事をねだることなどなく、いつも一緒に美術館や博物館へ行きたいと誘われたという。

そんな趣味はまるでなかった父だが、若く愛らしい母のことが好きだったから無理をしてつき合っていたと、のちに苦笑とともに話していた。

『行ってくるといいさ。おまえには自分の望む道を歩ませると母さんにも約束しているからな』

きっとそう言ってくれると思っていたが、はっきりとその言葉を聞けば自分が一番信頼している人に背中を押されたような気がして嬉しかった。

そして、間もなく始まる夏休暇には戻るので、今年も一緒に母親の墓参りをする約束をして電話を切る。携帯電話を座っていたベッドに置くと、午後からの講義を受けるため大学に行く用意をしようと立ち上がる。久々に気持ちが晴れやかだった。

父の様子からして例の抗争の件もどうにかなりそうだし、イタリア留学も認めてくれた。京都の生活にはようやく馴染んだが、この数ヶ月であまりにもいろいろなことがありすぎた。自分の気持ちを整理するのも難しいし、このままでは自分の人生が八方塞がりの状態になりそうだった。

特に、宮城のことを考えると、孝義はどうしたらいいのかわからなくなる。このままの状態でいられるわけもない。関東での抗争が落ち着けば、東京に戻るつもりだろうか。それとも、何か理由を作ってでも孝義のそばにいるつもりだろうか。

そんなふうにわけもわからないうちに、宮城の思うまま自分の人生を取り込まれてしまうのは嫌なのだ。

だから、一度自分の人生を新たな土地で仕切り直したい。それがわがままだとは思わない。もちろん、逃げるつもりもない。

ただ、宮城が孝義をどう思い、孝義が宮城のことをどう考えればいいのか、その結論を早急に出したくはないだけだ。そのためにも、イタリア留学はいい機会だと思うようになっていた。

どうせ半年、長くても一年で日本に戻ってくる。そのとき、宮城は組の幹部になっているかもしれない。あるいはああいう男なので、組織の中でうまく立ち回れずすでに盃を返しているかもしれない。

いずれにしても、元刑事という経歴は、新しい職を探すのにけっして不利な条件ではないだろう。彼が自分一人食べていくのに困ることはないはずだ。

そして、二人の人生がまたどこかで重なることがあるのなら、それはまたそのときに運命というものを考えればいいのだと思っている。

今日、大学へ行ったら、前原に留学の件についてあらためてお願いしよう。秋までにはそう時間があるわけでもない。イタリア語もそこそこ使えるが、向こうの大学の講義についていくためには、少し個人レッスンを受けたほうがいいだろうか。

それに、日本を離れるなら、今のバイトを引き継いでくれる人を探すよう頼んでおかなければならない。

そんなふうに前向きに留学のことを考えていると、急に自分の前で大きく視界が開けたような心持ちになった。やっぱり、宮城との生活にある種の閉塞感を覚えていたことは否めないようだ。

心を決めてしまえば、留学までにやらなければならないことは山のようにある。頭の中でそれらをリストアップしているうちに、ルネッサンス芸術に浸って学ぶ日々を今から夢見ている自分がいた。

だが、携帯電話のメール着信の音でハッと我に返る。見れば、それは矢部からだった。

『今日の講義は何時から？』

午後の一時から二時半までが近代美術史と、そのあと選択科目の実習のデッサンが一コマあることをメールで告げる。すると、矢部からはその前に会ってカフェで一緒にランチをしようというメールが入った。早めに大学に向かい矢部と会って話すのは構わないが、おそらく夏の合宿の誘いだと思うのでそろそろきちんと断っておこうと思っていた。それに、矢部にならイタリア留学の話をしてもいいかもしれない。聞けば、きっと喜んで励ましてくれるだろう。そして、いつもの調子のよさで、遊びに行くから案内しろなどと言い出すにきまっている。

メールの返事を打って大学へ行く準備をしようと、愛用のデイパックに荷物を詰めていたとき玄関のほうで物音がした。孝義がビクリと緊張に体を硬直させてそっと廊下をのぞき見ると、二、三片付けることがあると外出していた宮城の姿があった。

未だに一人暮らしの頃の感覚が残っていて、いきなり鍵を開けて誰かが入ってくるとつい身構えてしまう。だが、宮城の姿を見てから再び自室で出かける準備の続きをしているとき、孝義はふと考え込んだ。

イタリア留学の件を宮城にどう伝えたらいいのか、少し心配になったのだ。彼は孝義を黙ってイタリアに見送ってくれるだろうか。

未だに真実はわからないが、孝義のために刑事を辞め、この身を守るため京都までやってきたという男なのだ。そして、やっと手に入れたと言っていた。まさか、今度はイタリアまで追ってきたりはしないだろうか。

（でも、たかが半年から一年のことだ……）

それに、秋までには関東での抗争も落ち着いて、宮城は孝義の警護の役割から解放されているだろう。

孝義はできるだけそのことについて深刻に考えるのはやめようと思った。

宮城との関係は考えれば考えるほど深い迷路に入っていく。真実を探り出そうとすれば、自分の感情のもつれを一つ一つ解いていかなければならない。それは、開けてはならないパンドラの箱を開けるように恐ろしい行為だった。

出かける準備を終えて、リビングで携帯電話に入ったメッセージの確認をしていた宮城に声をかける。

「今日は少し早めに出かけて、先輩と大学のカフェでランチを……」

「おい、イタリア留学の話というのはどういうことだ？　この間から教授と話していたのはそのことか？」

説明している孝義の言葉を遮って宮城が訊く。

「え……っ？　ど、どうして……？」

なぜ宮城がそのことを知っているんだろう。彼には何も言わないでいたし、前原と自分以外でこの件について知っているのはほんの数分前まで電話で会話していた父だけだ。

「京都の次はイタリアか。どこまで逃げれば気がすむんだ？」

苛立ちとともにそんな言葉を呟く。逃げているつもりはない。これは自分の選択だ。しかし、それより問題は彼がすでに留学の件を知っていたことだ。

（なんで……？）

わけがわからなかったが、次の瞬間ハッとして孝義は自分の携帯電話を取り出した。電池の入っている裏の部分の蓋を開いてみた。もしかして、携帯電話そのものに何か細工をされたのかと思ったのだ。

だが、そこには何もない。ということは、この部屋のどこかに盗聴器がしかけられているということだろうか。宮城が部屋に移ってきた初日に、盗聴や盗撮がされていないか確認して回ったとき、自らの手でそれをしかけることは可能だったはずだ。

キョロキョロと部屋の中を見回したが、どこにあるかわからないそれを探すよりも先に孝義は携帯電話を床に投げ捨てると宮城に向かって言った。

「ずっと盗聴していたんですかっ？　今の電話の会話も？」

黙っているのが宮城の返事だった。聞かれて困るような会話はなかったと思う。けれど、父親との会話や、矢部との会話など、すべてが宮城に筒抜けだったと思うとさすがに怒りが込み上げてきた。

「どうして……っ」

そう訊きかけて、無駄であることをすぐに思い出す。彼は目的のためには手段を選ばない男なのだ。そして、これも警護に必要なことだとまた涼しい顔で言うだろう。

心が少し歩み寄りそうになっても、宮城がそれを受けとめることはない。彼の感情は常に一方通行だ。孝義を守るためなら何をしようと構わないと思っている。その行動は、孝義に感情があるということさえ忘れているようだった。

こんな彼の中に、何か「愛」に似たものがあるわけがない。彼の孤独に自分の孤独を重ね合わせるなんてことはできない。しょせん、宮城と自分は相容れない人間なのだと思った。

「もうたくさんですっ。僕は僕だ。誰のものでもない。自分の考えで行動する。あなたの警護も必要ありませんっ」

そう言うと、リビングにいる宮城を無視するように一人で玄関に向かう。

短く「おいっ」と呼び止める声がしたと同時に、携帯電話の着信音が鳴りはじめた。孝義のものではないから、宮城にかかってきたのだろう。

彼がその電話で足止めを喰っている間に、孝義は振り返らずにスニーカーを履いて玄関を飛び出した。追ってくるなら勝手にすればいい。どうせ孝義のスケジュールをすべて知っているのだから、行き先も全部把握しているはずだ。

こんなふうに何もかも管理され支配された生活から逃げ出さなければならない。でなければ、自分は自分でなくなってしまう。

マンションのエントランスを抜けて、走って表通りに出る。そこで背後からいきなりクラクションを鳴らされた。驚いてそちらを見れば、矢部が愛車の窓から手を振っている。

「おーい、迎えにきてやったぞー」

そう言いながら路肩に車を停める。普段彼は大学へ通うときにバスを利用しているが、遊びに行くときはときおりこの軽自動車を出してきて、友人を詰め込み出かけている。

孝義も何度か同乗して遊びに出かけたことがある。隣県に美味しいラーメン屋を見つけたとか、夜景がきれいに見える丘を見つけたとかならつき合うのも楽しい。が、ときには山の中にある心霊スポットに肝試しに行こうとか言われたりもして、断りきれず困ったこともある。

いつものバス停でバスを待っているうちにきっと宮城に追いつかれると思っていた。そこでまたイタリア留学のことを詰問されるのも嫌だった孝義は、呼ばれるままに車の助手席に乗り込んだ。

待ち合わせは大学のカフェだったのに、どうして矢部が車で迎えにきてくれたのだろう。

「大学に車って、珍しいですね。どこかへ遊びに行った帰りですか？」

矢部のことだから、泊りがけで誰かの家に遊びに行って朝帰りというのもよくあることだ。泊まった友人の部屋がたまたま近くて、孝義のところに立ち寄ってくれたのかもしれない。

聞けば、琵琶湖《びわこ》の近くに住む友人の実家へ泊りがけで遊びに行くのが今夜の予定らしい。

「大学の帰りに一度車を取りに戻るのも面倒だし、だったら朝から乗っていって教職員の駐車場にこっそり停めておけばいいかと思ってさ」

どうせ車なら、孝義のマンションに立ち寄るのも面倒ではない。そう思って迎えにきたら、偶然道端でその後ろ姿を見かけてクラクションを鳴らしたという。さっき宮城と揉めたばかりの孝義にしてみれば、絶妙のタイミングでありがたい偶然だった。

今頃宮城はいつものバス停へ行き、すでに孝義の姿がないことに焦っているだろう。ほんの少しだけ良心が痛んだが、盗聴に関してはやっぱり我慢できなかった。

「それよりさ、講義は一時からだろ？　じゃ、ちょっとつき合えよ」

「ランチでしょう？　いい店でも見つけました？」

矢部の言ういい店というのは味がいい場合もあるが、そこで働く女の子がいい場合もある。どっちであってもつき合って横で食事をしている分には構わない。すると、矢部が意外なことを言う。

「いや、そうじゃなくて、取材だ、取材」

「えっ、取材？　なんのですか？　何か調べものでもしているんですか？」

「いやいや、するほうじゃなくて、されるほう」

ますます意外で驚いた。いったい何を取材されるというのだろう。話を聞くとなんでもタウン誌の特集で、京都の大学に通うイケメン紹介のコーナーがあるのだという。

「各大学から二、三名ってことで、俺に声がかかってさ」

他に誰を誘おうかと考えていたら、向こうからできれば上品で王子様ふうが流行りだと言われたのだぞうだ。

「だったら、おまえしかいないだろう。どっちかといえばワイルドな魅力の俺と並べば、互いに引き立て合って相乗効果抜群だ」

だが、その話を先にすると人前に出るのが苦手な孝義が逃げ出すと思い、そのことは内緒にしたまま迎えにきたらしい。

「先輩、勘弁してください。そういうのが駄目なことは知っているじゃないですか」

心底困っていると、矢部のほうもまた心底困っている様子で訴える。

「あのな、タウン誌とはいえ発行部数は京都と滋賀《しが》合わせて八万だぞ。それだけの人間が見るんだぞ。どこかで俺の写真を見た女の子に声でもかけられれば、そこから恋の始まりってこともある。これはチャンスなんだよ。っていうか、俺は彼女のいない生活にはもう耐えられないんだよっ」

要するに、矢部の狙いはそれだった。つい先日まで、彼女にふられてこれからは仕事と友情に生きると言っていたが、そんなことはすでに忘れてしまったようだ。

「大丈夫だって。すぐ先のカフェで待ち合わせているし、写真の二、三枚も撮って、簡単なインタビューだけだから。あっ、ちなみに俺はもうインタビューは受けたけど、普段どんなところで遊んでいるかとか、行きつけのカフェはどこかとかそんな感じだ」

結局は強引に説き伏せられて、タウン誌の記者に会うことになってしまう。このところ誘われても不義理ばかりしているし、この夏の合宿予定も断るつもりだった。少しくらいは矢部の計画に協力しなければ申し訳ない気もする。

ただ、まったく予定外の行動なので、大学へ駆けつけても孝義の姿を見つけられず宮城は焦るだろう。

一言連絡を入れようかと思ったが、携帯電話は部屋に投げ捨ててきてしまった。矢部に携帯電話を借りたとしても、自分の携帯電話に登録してある宮城の番号を孝義は覚えていない。

今思えば、いくら腹を立てていたからといって馬鹿な真似をしてしまったと思う。盗聴器が部屋にしかけられていたならば、携帯電話を捨てる意味などなかったのだから。どうせたいして重要な電話やメールはないと思うけれど、万一のときの連絡手段を捨ててくるなんて、危機管理がなっていないとまた厳しく叱責されても仕方がない。

宮城から逃げ出してきておきながら、こうして矢部といても彼の動向ばかりを気にしている。馬鹿みたいだと思うのに、この数ヶ月というもの自分のそばには常に彼がいたのだ。宮城の警護もなしに出かけている今の自分は、まるでなんの準備もないまま大海へ小船で漕ぎ出したような心許ない気分だった。

(大丈夫。何もあるわけないし、先輩も一緒だし……)

あえて深刻に考えないようにして、矢部の車でタウン誌の記者が指定したというカフェに到着した。店に入って記者から声がかかった途端、矢部がちょっと奇妙な顔をした。

「あれ、この間の人と違いますよね?」

「ああ、彼らは今日、ちょっと手が離せなくてね」

そう答えた長身で体格のいいスーツ姿の男の隣には、スタジアムジャンパーを着たチンピラ風の男がいる。二人ともどう見てもタウン誌の記者という印象ではない。矢部も少し首を傾げていたが、スーツの男が孝義のことをたずねる。

「で、彼がそう?」

「えっ、あっ、ああ、そうです。うちの大学の通称『王子』です」

奇妙な雰囲気を和ませようとでも思ったのか、孝義が嫌っているあだ名を笑って口にする。記者の二人は笑みも浮かべないまま名前を確認する。孝義が答えると、他にも大学の専攻や出身地や家族構成なども訊かれた。

簡単なインタビューがあると矢部から聞いていたので、そのときまでまだそれほど怪しむこともなかった。ところが、話が終わるといきなり男たちが席から立ち上がり、チンピラ風の男が支払いに行く。同時にスーツ姿の男は孝義の二の腕をつかみ、外へ連れ出そうとする。

「あ、あの、なんですか？　何を……」

「ああ、だから、外でちょっと撮影をしようと思ってね」

そう言ったかと思うと、一緒に立ち上がった矢部に向かって言う。

「あっ、君はあとでいいよ。まず彼のほうから撮るから、終わったら呼ぶので待っててくれるかな」

張り切ってきた矢部は少しばかり肩透かしを喰らったような顔をして、何度も首を傾げている。

だが、孝義はこのおかしな雰囲気にすっかり不安になっていた。そして、その不安は的中した。外に出るなり、そこに停まっていた黒塗りの車の後部座席に押し込まれたのだ。とても写真撮影とは思えないし、横にはスーツの男が乗ってきてずっと孝義の腕をつかんでいるので逃げられない。

「な、何をするんですかっ？　これって、本当に撮影ですか？」

孝義が震える声で叫ぶが、隣の男はニヤリと嫌な笑みを浮かべただけで返事はない。

そこへカフェの支払いを終えた男がやってきて車の助手席に乗り込むと、運転席の男に合図をした。男が頷いてギアを入れるとき、チラッとだけその横顔が孝義の目に入った。そして、その瞬間、心底背筋が凍った。

一瞬だけ見た運転手の横顔には、見覚えのある傷があった。鼻の横に走った醜い傷痕だ。間違いなくいつかの夜、孝義をマンション近くの路地で襲ったあの男だった。

もう疑う余地もない。自分は敵の手に落ちたということだ。

◆◆

『友人だからといって、気軽に部屋に入れるな。その気になれば、人はいくらでも買収できる。今後おまえが信用していいのは俺だけだ』

宮城が京都にきたばかりの頃、まず孝義に言った言葉だった。その言葉が今になって身に染みるが、後悔してももう遅すぎる。

ここのところ部屋には宮城が同居していたので、友人知人を招くことはなかった。それに、矢部は買収されたわけではないと思う。彼はきっと利用されたのだ。それでも不測の事態は起こってしまい、孝義は今どこへ向かっているともわからない車の中で震えているしかない。

車を運転しないうえ、京都市内ならともかく少し郊外に出るとまったく土地鑑がなくなる。おそらく南の大阪《おおさか》方面に向かっていると思うのだが、それにしては景色が山深くなっているような気がする。

途中、車を一度停めると、スーツ姿の男が孝義に携帯電話を出すように言った。今日は忘れてしまったと正直に告げたが信用されずに、持っていたバッグの中身をぶちまけて調べられ、体中まさぐられた。

「本当に持ってないみたいっすね。いまどき携帯電話を忘れて出かける奴がいるなんて、おまえ馬鹿だなぁ。っていっても、持ってりゃここで捨てられただけだけどな」

持っていってもこの連中に囲まれて、助けを呼ぶ電話がかけられるとも思えない。だが、持っていれば途中で捨てられたとしても、GPS機能でどちらの方面に向かったかくらいは特定できただろう。

あれ以来自分の身に何も起こっておらず、東京で襲われた父の傷もすっかりよくなって、今朝方元気な声を聞いたばかりなのだ。例の新興組織との抗争も、生野組と同じ規模の北関東会が乗り出してきたことで、夏までにはなんらかの形で決着を見ると思っていた。

ただし、それらはあくまでも素人の孝義が楽観的に考えていただけのことだ。しょせん自分は事が起こってからしか、どれくらい危険な状態にあるか気づかない素人なのだ。だから、宮城の慎重すぎる態度をときには鬱陶しく感じていたし、単に自分への奇妙な執着ゆえに過剰な警戒心を抱いているのではないかとさえ思っていた。けれど、今となっては宮城は何も大仰な警護をしていたわけではないとわかる。

市内から四十分ほど走った頃、山中の脇道で車が停められた。山の景色はどこも似たような感じで、前にきたことがあるような気もするし、まったく初めての場所のような気もする。

「えらいところっすねぇ。本当にこんなところにあるんですかね」

最初に車を降りたスタジアムジャンパーの男が、周囲を見回してちょっと不安そうに言った。さっきから標準語で話している彼らも、けっしてこのあたりに土地鑑があるとは思えなかった。何か情報があってこの場所にやってきたのだろう。どんな情報で、誰から得たものかなんてどうでもいい。どうせ、孝義にとって都合のいいことなど何一つないのは明確だ。

「まぁ、ちょうどいい山の中だ。このあたりに埋めておいても当分見つかりはしないだろうさ」

鼻の横に傷がある男がうっすら笑いながら言った。残酷な笑みだった。また、彼の目には孝義に対する恨みがはっきりとあった。孝義に対するというより、孝義を守った宮城への恨みかもしれない。

あのとき、文字どおり血反吐《ちへど》を吐くほどに腹やら顔面を蹴られたのだ。しくじった前回の経緯を思い出せば、孝義を残虐に殺すことによって宮城に煮え湯を飲ませてやりたいと思っているのはあきらかだ。

そして、スーツ姿の男が彼らの中では一番立場が上なのだろう。孝義の二の腕をつかんだまま、二人の男へ顎をクイッと持ち上げて先に進むように合図をする。

どこへ行くのかなんて訊きたくもない。どう考えても、自分の死に場所に向かっているとしか思えない。

山の脇道はやがて獣道になり、何度か迷って立ち止まったりしながらも左右の木の枝をかき分け、粘土質の地面に足を取られつつ先へと進んだ。

すると、鬱蒼とした木立の向こうにコンクリートの建物らしきものが見えてきた。だが、すでに朽《く》ち果てている。半世紀以上は昔のものだと思える建物で、かなりの大きさだったようだが今は半分が草や木に覆われ、残り半分も荒れるがままの状態で風雨に晒されている。

「へぇ、雰囲気あるねぇ。それにここなら滅多に人もこないだろうし、いいんじゃないか」

ジャンパーを羽織った若い男がそう言うと、スーツ姿の男に突き飛ばされて崩れかけたコンクリートの建物の壁にもたれかかった孝義のほうを見て笑う。

「それにしても、これがあの生野の息子ってマジっすか？　なんか普通すぎて、信じられないっすね」

「間違いない。こいつは普通でも、後ろについている奴はキレまくってた。あのときは内臓をやられて危うくお陀仏《だぶつ》になるところだったんだ」

「そんじゃ、そのキレまくった奴がくる前に殺っちまいますか」

もちろん、孝義を始末するという意味だろう。前に路地で襲われたとき以上に絶望的で、死を目前にした状況だった。けれど、震えながらも孝義の気持ちはあのときよりはわずかながらも冷静だった。

頭の奥がじんと冷たく痺れる感覚はあっても、あのときのように泣き喚きたいという気持ちにはならなかった。こうなったのも宮城の指示を守らず、勝手な真似をした己の自業自得だという思いがあるからだ。

「あ、あの……」

そこでようやく孝義が口を開いた。三人が一斉にこちらを見たので一瞬怯んだものの、必死で声の震えを抑えながらたずねた。

「あの、あなたたちは……？」

「さて、誰でしょう？」

ジャンパーの男が茶化して言うが、鼻の横に傷を持つ男が汚れたコンクリートの床に唾を吐き捨ててこちら睨む。

「すっとぼけてんのか？　生野組が今どことドンパチやってんのか、知らないとでも言うのかよ？」

とぼけているつもりはない。本当に敵対している組織については何も知らないのだ。宮城の話だと中華街から弾き出された台湾系マフィアと手を組んだ新興組織ということだが、誰が率いているのかも知らなければ、組織名さえも聞いていない。

「僕は組のことは何も聞かされていないので、本当に知らないんです。でも、やっぱりニュースで見たとおり、実家に押し入り父を襲撃した組織の人なんですね？」

「こいつは呆れたな。どんだけお大事にされてきたんだ。まぁ、見た目がこれだし、箱にでも入れて育てたくなるのは無理もないか。そんな坊ちゃんが拉致られたって聞けば、生野の野郎もいっぺんに腰が引けるだろうなぁ」

「そ、それは、僕を交渉の材料にしようということですか？」

ここにくるまでの車の中で、ずっと青い顔して黙っていた孝義が急にあれこれ質問してくるので、男たちは意外そうな顔をする。

「おやおや、泣いて命乞いでもするのかと思ったら、案外気丈《きじょう》じゃないか。さすがは生野の息子ってことか？　そのわりには声が震えているけどな」

男の言うとおりだった。さっきから質問の声は上擦《うわず》ってずっと震えている。微塵の余裕もないし、度胸の欠片《かけら》もない。ただどうせ死ぬのなら、せめて誰にどういう事情で殺されるのか、それくらいは知りたいと思っただけだ。そうして、自分の責任を噛み締めて死ぬのが宮城へのせめてもの償いだ。

だが、彼らもここにきて孝義の強がりを哀れに思ったのか、あるいはどうせ殺す相手なので何を話してもいいと思ったのか、思いのほか口が軽くなった。

「うちは目崎組《めざきぐみ》という新興だが、親父さんの母親ってのが台湾人でな。まぁ、そういう関係から台湾マフィアの連中とは以前から懇意《こんい》にしていたんだが……」

その連中が横浜《よこはま》の中華街で福建《フッケン》マフィアとの勢力争いに負け、都内へ流れてきた。それで、新興の目崎組もけっこうな大所帯になり、自分らが生きていくためにもシマの拡大が必要になってきた。

生野に狙いをつけたのは他でもない。老舗《しにせ》暴力団の中では一番穏健派で、御しやすいと踏んだのだろう。しかし、実際戦争をしかけてみれば、その基盤は強固でわずかたりとも崩れはしない。そこで、気の短い台湾マフィアの連中はすぐさま強硬手段に出たのだ。

「まったく、台湾の連中ときたら加減も何もあったもんじゃねぇからな。本家屋敷に爆弾投げ込みやがるし、鉄砲玉は突っ込んでいきやがるし。あいつらは敵に回したくないね」

もちろん、そんな仁義も何もない真似をされれば穏健派の生野も黙ってはいない。義兄弟の盃を交わしている北関東会の各組織が生野に加勢して、一気に目崎を潰す方向に動き出したという。北関東会は生野よりもずっと過激だという噂だ。

「正直、生野だけなら適当なところで手打ちにできると踏んでいたんだが、北関東会まで出てきちまって話が思っていたより大きくなっちまったんでな」

目崎の連中にしてみれば台湾マフィアにそそのかされた形とはいえ、いまさらそれを理由に詫びを入れるわけにもいかない。一度はしくじったが、孝義を拉致してそれを交渉の切り札にするしかないということになったらしい。

前に襲ったときは、台湾マフィアのやり方そのままに生野の血縁である孝義を殺害して脅しをかけていくつもりだった。だが、今回はそればかりが目的ではなくなった。

「そこで、あんたの指でも耳でもいいんだが、ちょっと生野んとこに送りつけてやろうと思ってね。生野さんは穏健派だし、一人息子を目に入れても痛くないほど可愛がっているって話だ」

そんな孝義が拉致られ、暴行を受けて命の危険があるとなれば、息子可愛さで生野孝信はいきり立つ北関東の連中を抑えてくれるだろうという考えらしい。

「指や耳ですか……。でも、殺すんですよね」

そうでなければ、こんな場所にわざわざ連れてくるはずがない。今になって思い出したが、孝義は以前にもここにきたことがある。まだネットなどでもさほど評判になっていない心霊スポットで、この建物は旧日本軍の病院だったところだ。

あのとき、矢部と他の連中がこの建物で肝試しをしていた間、孝義は勘弁してほしいと一人車に残って待っていたのだ。だから、周辺の山の風景はぼんやりと覚えていた。

山の景色などどこでもたいていよく似たものだが、京都市内からの方角も合っているし、脇道のそばにあった道路標識ははっきりと記憶にあった。「その他の危険」を表すエクスクラメーションマーク。それだけなら、数は多くなくても日本中で見つけることができる。

ただ、ここの道路標識には落書きがあった。赤いペンキで誰かのイニシャルなのか、Sのマークが描かれていたのだ。そして、今日も確かに同じ落書きのある標識を見てここまでやってきた。

「ここってよ、心霊スポットの穴場なんだってな。まだネットにも載ってないし、滅多に人もこないってよ」

それもまた以前矢部に聞いた言葉だ。もしかしたら、この連中は矢部にタウン誌のインタビューと偽って、この場所のことを訊き出していたのかもしれない。でなければ、土地鑑のない関東の連中がこんな場所を思いつくはずもない。

そうだとしても、やっぱり矢部を恨む気にはならない。彼は騙《だま》され利用されただけだろう。むしろ、孝義の死を知れば、自分にも責任があったのではないかと思い悩むことになりそうで気の毒だった。

「死んでも幽霊のお仲間がいるから、寂《さび》しくないだろうよ」

男たちはニヤニヤと笑って言う。ここで殺害して、耳とか指を切り落として父親に送りつければ、遺体が街中《まちなか》に転がっているわけではないので、まだ生きている可能性を考えてしまうだろう。

そうやって交渉を有利に進め、最終的には人質は解放したと言えばいい。息子は京都郊外の山中でとっくに死んでいるが、戻ってこないことを問い詰められたとしても本人の意思で姿をくらましたのだと言い張ればいいだけだ。

それも台湾マフィアの入れ知恵だと苦笑を漏らしているが、孝義はここでもまた宮城の話がまったく誇張でもなんでもなかったのだと思い知らされた。

「それじゃ、坊ちゃん、そろそろこの世とお別れの挨拶の言葉でも考えてくれるかな」

そう言って、鼻の横に傷を持つ男がスーツの内ポケットから拳銃を抜いてきた。コンクリートの壁に背をつけて立っていた孝義だが、その黒光りする鉄の塊を見て実は少しばかり安堵していた。

拳銃で撃たれるのも楽な死に方ではないと思うけれど、ナイフをこの体に突き立てられるよりいいような気がしたのだ。きっと意識を失う時間は拳銃のほうが短いだろう。

そんな悲しすぎるけれどささやかな安堵に、孝義がわずかに表情を緩めた。そのとき、スーツ姿の男が拳銃を持つ男を止めた。

「どうかしましたか？」

「いや、ちょっとこのまま殺っちまうのももったいない気がしてな」

そう呟くと、なぜか淫靡な視線を孝義に向けてくる。銃口を向けられたときよりも、今のほうがギクッとした。スーツの男は孝義のそばに近づいてきたかと思うと、いきなり顎をつかんで顔を持ち上げる。

「なるほどね。『王子』ってあだ名はぴったりじゃないか。地味にしているが、色は白いし目鼻立ちは整っているし、歌舞伎《かぶき》役者のように上品で色っぽくもあるしな」

それを聞いて、他の二人がさっきまでの残酷な笑みではなく、好色な笑みを浮かべてこちらを見ているのがわかった。

「兄貴はそっちもいけるクチですもんね。まぁ、こいつなら女オンリーの俺でも勃《た》ちそうですしね。なんなら、一発やってから殺します?」

スタジアムジャンパーの男はとんでもない軽口を叩いて、孝義を震え上がらせる。死ぬ前に犯されるなんて真っ平だった。せめてきれいな体で死なせてくれと叫びたかった。でも、そんなことを懇願すれば、この連中をもっと喜ばせてしまうだけだろう。

しかし、孝義がどんな反応をしようと、男たちにはどうでもいいことだった。

「おい、おまえら、ちょっと外に出てろ」

外も何もこの建物自体が朽ち果てていて屋外と同じだった。それでも、二人の男は命令に従い、ニヤニヤと笑いながらコンリート壁の向こう側に回っていく。

「こんなことなら、先に国道沿いのラブホテルにでも連れ込んでおけばよかったな」

男はそんなことを言いながら、さっそく孝義の体を撫で回してくる。足元はコンクリートの瓦礫《がれき》と雑草とに埋め尽くされた状態で体を横たえられない。そこで、男は孝義を壁のほうへと向かせて、背中にぴったりと体を押しつけてくる。

腰のあたりに男のすでに勃起したものが当たって、ゾゾッと背筋が凍った。宮城に抱かれるときとはまったく違う、怖気《おじけ》立つような嫌悪感だった。

「い、嫌だ……っ」

「おっ? なんだ? もしかして、男を知ってるのか?」

男は壁に両手と額を押しつけたまま体を硬くしている孝義の股間に手を伸ばし、そこをやんわりと揉みしだくと含み笑いを漏らしている。反応が早かったのは、宮城に慣らされていたからだろうか。けれど、この手は宮城ではない。

宮城の手はもっと温かい。そして、これまで認めようとはしなかったが、彼の手は優しかったのだ。そう思うと、急に涙が込み上げてきた。この状況になって、孝義はあの男をどうしようもないほどに恋しく感じていた。会いたい。せめて死ぬ前に一度だけ、彼の顔を見たかった。

こんなふうに思うなんて間違っている。自分はどこかおかしい。いくら宮城の忠告を無視して「死」という最悪の現実に直面しているとはいえ、今自分が思い出すべき人は父であるべきだ。あるいは、亡くなった母を思うのが普通だろう。

事実、前に命を狙われたとき、孝義は脳裏に父と母を思い浮かべていた。それなのに、今はなぜか宮城のことを思っている。

自分は最後に彼に会って詫びたいのだろうか。それとも、もっと何か違う気持ちを伝えたいのだろうか。

「おい、後ろは使ったことはあるのか?」

男が耳元に唇を近づけて訊いた。宮城によって経験しているけれど、孝義は首を横に振った。それは使ったことがないという意味ではなく、こんなことは嫌だという意思表示だった。

それを口にしなかったのは、「嫌だ」も「やめて」も男を興奮させるだけで、意味のない言葉だと知っているからだ。

「本当かどうか確かめてやるよ。まぁ、初めてでも、これが最後になるってことだけどな」

そう言うと、いきなり孝義のジーンズの前を開き、そこに手を突っ込んでくる。

「うう……っ、は、離せ……っ。触るなっ」

孝義が身を捩りながら言う。だが、男はそんな反応を楽しむように興奮した自分自身を孝義の尻に突きつけてくる。そして、鼻先を孝義のうなじに押しつけ、舌で襟足を嘗め上げる。

その触れ方も啜め方も、どこか変質的で気持ちが悪い。同性にのみ性的欲望を感じる孝義であっても、この男の愛撫は嫌悪しか呼び起こさない。どうしても宮城と比べてしまうのは、彼が孝義の唯一知っている男の手と唇だからだ。

宮城の手と唇は真っ直ぐと孝義を求めてくる。けれど、この男とは決定的に違うものがある。宮城は孝義しか求めていない。彼は他の誰でもなく、孝義だけをほしがってくれる。

「ああ……っ、駄目っ。触らないでっ」

悲痛な声を上げるけれど、男の体と壁に挟まれたまま身動きができなかった。宮城以外の男に触れられることがこんなにも耐えがたい。

「クソッ。おまえいいな。肌もスベスベしてて触り心地がいいし、啼《な》く声もいいじゃないか。殺すのがもったいなくなるぜ」

体を弄ばれるのがたまらなくおぞましくて早く離してくれと思っても、すべてが終わったときが殺されるときだ。

「兄貴、具合はどうっすか?　よさそうなら、俺もあとで口でやらせてみるかな」

「よせよせ。噛み切られるぞ」

「大丈夫っすよ。頭に銃でも押しつけときゃ、犬みたいに嘗めるにきまってますよ」

コンクリート壁の向こうでは二人がそんな会話を交わしている。その間にも孝義のジーンズは下着とともに下ろされて、立ったまま下半身が剥き出しにされていた。

「おっと、突っ込む前に、その可愛い口で準備してもらおうか」

そう言うと孝義の体を返して髪をつかみ、乱暴に跪《ひざまず》かせてしまう。そして、おもむろに自分のズボンの前を開いて彼のものを出そうとしたときだった。

「ぐわぁーっ」

壁の向こう側から男の叫び声がした。おそらく、若い軽口ばかり叩いているジャンパーの男の声だと思う。孝義の口を股間に持っていこうとしていたスーツの男が、コンクリート壁に向かって怒鳴る。

「どうした？　幽霊でも出たか？」

心霊スポットだから、冗談のつもりで言ったのだろう。だが、もう一人の鼻の横に傷のある男が、いきなり壁のこちら側に回ってきた。その手には銃を持って先ほど歩いてきた草むらのほうに狙いを定めている。

それを見てセックスどころではなくなった男は、慌ててズボンのジッパーを上げると、自分も銃を取り出した。

「あ、兄貴っ、クソッ、イテェよ。撃たれた……っ」

ジャンパーの男が右足を引きずりながら、壁のこちら側に回ってくる。そして、先に一人で逃げた鼻に傷のある男を恨めしげに見ているが、その右足の腿からはおびただしい量の血が流れていた。

「誰だっ？」

男たちは孝義をそっちのけにして、コンクリート壁に身を寄せ草むらに向かって叫ぶ。もちろん、返事はない。そのとき、孝義の心臓は痛いほど速く打っていた。

（もしかして、宮城さん……？）

そんなはずはないという思いと、他に誰がこんな場所にくるのだろうという思いが自分の中で交錯する。心霊スポット巡りの若者なら、銃を持っているはずもない。

「おい、音がしなかったぞ。サイレンサーか？」

「おそらく。さっきまで俺らも話してましたし、風で草がざわつくと聞き取りにくいですけど……」

鼻の横に傷を持つ男がそう言いながら、何かを思い出したようにハッとして呟いた。

「チクショーッ、あいつかよっ」

「あいつって誰だ？」

孝義を嬲っていたスーツの男が苛立ったようにたずねる。

「俺の腹にさんざん蹴りを入れやがった奴ですよ。奴は銃にサイレンサーをつけてました」

その言葉に孝義はピクリと体を震わせる。やっぱり宮城がきてくれたのだ。でも、どうやってこの場所を見つけたのだろう。携帯電話も持っていないし、この予定外の行動は何一つ宮城に伝わっていなかったはず。そもそも、孝義自身も矢部に誘われるままにカフェに連れていかれ、あげくにこんなことになっているのだ。

だが、今はそのことを考えるのはやめた。もしかしたら助かるかもしれない。それだけを強く願おうと思った。

「ヤバイッ。俺、足、マジでヤバイかも……」

撃たれた男は自分のジャンパーを脱いで、流血している足の付け根をきつく縛りながら言う。

「いざとなれば、こいつを盾にすりゃいい。どうせ向こうは一人だろう」

スーツの男が吐き捨てるように言うと、その隙に下着とジーンズを上げていた孝義の二の腕をつかんで自分のほうへと引き寄せる。

「一人は一人なんですけどね、あの男、ちょっとヤバイんですよ」

「何がだ？　しょせん、生野の飼い犬だろう？」

「いや、飼い犬っていうか、どっちかというと狂犬っていう感じですかね」

「たかが、坊ちゃんのお守《も》りが……」

そんな会話の最中に二人がピタッと口を閉じる。サイレンサーといっても銃を操作するときの音はする。それに、発射音も完全に消えるわけではないらしい。風で木々がざわめいていても、耳を澄ましていればその金属音は聞き分けられる。

確かに、孝義の耳にも左手の奥のほうから、自然ではあり得ない微かな音が届いた。

「おい、あっちだ」

声を潜めてスーツの男が体を翻し、左のほうへと銃口を向ける。そして、一発、二発と立て続けに発砲したが、弾丸は木や草の間に吸い込まれるように消えていった。

「クソッ。しょうがない。やっぱり、こいつを盾に……」

言いかけたとき、バシュッという音が響いた。やはりサイレンサーをつけていても、それなりの発砲音はするようだ。そして、今度は鼻の横に傷を持つ男が自分の左の二の腕を押さえて呻き声を上げる。

「なんだ、あいつは？　どんな視力してんだ？　いったいどっから狙ってる？」

撃ってはすぐに移動する宮城の位置を特定できないまま、スーツの男が焦って孝義をより強く抱き寄せる。横に蹲《うずくま》る二人の負傷した仲間のことを気遣う余裕はまったくないらしい。

そして、孝義の首に手を回して盾代わりに自分の前に立たせようとした、まさにその瞬間だった。ところどころコンクリートが崩れている天井の穴から、宮城がスーツの男めがけて飛び下りてきた。

彼は二度目の発砲後、いつの間にか入り組んだ建物づたいに回り込んで、この建物の屋根に上がり身を潜めていたのだ。

　思いがけないところからいきなり宮城が現れ、飛び下りる勢いにまかせて肘で肩を力一杯打ち据えられた男は、その痛みに耐え切れずに抱え込んでいた孝義の体を放した。その隙に孝義は急いで男から離れ、這うようにしてコンクリート壁のそばまで逃げていった。

　飛びかかられた男は一度床に膝をついたが、飛び下りてきた宮城も体勢を崩しその場に倒れ込む。ほぼ同時に立ち上がった二人だが、一瞬だけスーツの男のほうが早かった。男の銃が宮城に狙いを定めて火を吹いた。

「ひぃーっ」

　悲鳴を上げたのは孝義で、思わず耳を塞いだが目は見開いたままだった。しかし、立ち上がった瞬間だったのが幸いし、狙いは急所から逸れていた。ただし、宮城の肩を掠めていき彼の黒いスーツの右の肩口が裂けたのが見えた。火薬の匂いがぷんと孝義の鼻につく。

「嫌っ、宮城さんっ」

　思わず叫んだ孝義だが、駆け寄って彼の身を案じている場合ではない。

「孝義っ、壁の後ろに回れっ」

　宮城の怒鳴り声を聞いて、弾かれたようにもたれていた壁の後ろに走る。同時に、宮城はそばに落ちていた太い木の枝を自分に向かって発砲した男めがけて足で蹴り上げた。

　男が顔面に向かって飛んできた枝を避けようとして顔を片腕で覆ったとき、宮城も続いて壁の後ろに飛び込もうとする。だが一瞬早く、さっき宮城に左の二の腕を撃たれた鼻の横に傷を持つ男が、右手だけで構えた銃で撃ってきた。

また急所は外れたが、宮城の左の肘下あたりを弾が掠めていった。それでもどうにか孝義が身を隠す壁の裏にやってくると、宮城は壁の割れ目に銃口を突っ込み、相手を見ずに三発撃った。

足を撃たれた男は銃を持っていないし、もはや戦闘能力はない。出血が多くて意識が朦朧《もうろう》としているのか、動きも緩慢で壁にもたれて座り込んでいるだけだ。

しかし、スーツの男と左の二の腕を撃たれた男は、闇雲に飛んできた弾を避けようと、慌てて反対側の壁の後ろに回っていった。

元は何かの部屋であった空間を挟み、対面するコンクリート壁の裏に潜んで互いが相手の動向を探る。その間に宮城は弾を充填していた。命のやりとりをしているこんなときも、彼はほとんどその表情を変えていない。

そして今、目の前で銃撃戦が繰り広げられているというのに、孝義もまたもう一度宮城に会えたことが嬉しくて微かに頬を緩めている。必ず守るという言葉どおり、こうして救いにきてくれた。けれど、まったく安堵できる状況ではない。

「大丈夫か？　怪我は？」

「僕は大丈夫です」

短い問いに、短く答える。このときだけ、宮城は片方の口角を少しだけ持ち上げ表情を和らげた。だが、この緊迫状態からどうやって脱出すればいいのだろう。宮城に何か勝算はあるのだろうか。自分は何をすればいいのだろう。本当なら泣きたい気分だったが、泣いている場合ではないことはわかっている。

「とにかく、連中を潰さなけりゃ脱出もないな……」

宮城が呟いたので、状況が厳しいことを把握してゴクリと口腔に溜まった唾液《だえき》を嚥下《えんげ》する。緊張で眩暈がしそうになっていたら、また発砲音がしてこちらの壁の端に当たり、コンクリート片が砕け散って飛んでくる。

それに驚いて身を竦めた次の瞬間、今度はさっきの宮城の戦法を真似て頭上から男が降ってきた。左の二の腕にハンカチを巻きつけている、鼻の横に傷を持つ男だった。

「てめぇら、ぶっ殺してやるっ」

その男が飛び下りるなりそう叫んで、孝義につかみかかろうとする。咄嗟に身を捩ったが、背中から羽交い締めにされそうになった。すかさず、宮城が飛びかかってきて、孝義の背中に張りついた男の脇腹に膝蹴りを何度も入れる。

押さえる手がわずかに緩んだ隙に、孝義は男を振り切って地面に倒れ込んだ。孝義から男を引き剥がした宮城は男の髪をわしづかみにして、勢いよく頭をコンクリート壁にぶつけた。一回ではない。二度、三度と繰り返すたびに、その勢いが強くなり、鈍い音が大きくなっていく。

普段の孝義ならこんな光景を目の当たりにしたら、悲鳴を上げて失神しかねない。それでも、このときは張り詰めた気持ちのまま息を呑んでその場に立ち尽くし、宮城が敵を倒すさまを見つめていた。

やがて男がその場に崩れ落ちていき、孝義がホッとしたのも束の間だった。男を壁に打ちつけている間に、スーツの男が壁づたいにこちらに回り込んできて、いきなり孝義に銃口を向けた。

「ひぃ……っ」

その黒く細い筒の先端は、しっかりと孝義の胸を狙っている。今度こそ駄目だ。せっかく宮城がきてくれたけれど、自分の人生はこれで終わるのだと思った。が、それはまだ孝義の人生の終着点ではなかった。

「危ないっ、孝義っ、伏せろっ」

孝義が腰を抜かして、その場に倒れ込んだ瞬間、宮城が叫びながら孝義の前に身を投げ出しつつ相手に銃口を向けたところまで視界に入ったが、そのあとは地面に俯せてきつく目を閉じてしまった。

それはまるでスローモーションのようだった。孝義の耳に、種類の違う発砲音が二発届く。ほとんど同時にドサリと宮城の体が自分の前に崩れ落ちたのがわかった。

驚いた孝義が顔を上げて目の前の宮城を見た。横たわった体は両手で銃を握ったままピクリとも動かない。孝義の心臓が早鐘のように打っている。

(嘘だっ、嘘だっ、嘘だ……っ)

心の中で狂ったように繰り返していた。そして、自分の息までも止まりそうな思いで彼の体に縋りつく。揺さぶっては何度も彼の名前を呼ぶけれど、動かない。

孝義は宮城のことしか目に入っていなかったが、すぐ先で微かな呻き声がした。

「うく……っ」

見れば、右肩を撃ち抜かれた男が銃を取り落としてガクガクと体を震わせている。何度も銃を拾い上げようとしているが、それすらもできないほど揺れているさまは痙攣に近い。撃たれた肩から大量の血が流れているから、おそらくショック症状の一種なのだろうと思った。

彼はもう宮城と孝義を目の前にしていても、何もできやしない。

宮城はどうなのだろう。孝義は必死で彼の体を両手で抱き締めた。その頬を撫で、唇を指でなぞり、自分の膝の上に仰向けにする格好で彼の体を抱き寄せる。見れば胸の少し下あたりに黒い穴があり、そこは熱を持ったように白い煙をうっすらと上げていた。

しかし、奇妙なことに宮城の体からは血が流れていない。さっき撃たれた肩口と左腕の洋服の破れ目か

らは血が出てダークグリーンのシャツを黒く染めている。なのに、胸の穴からは一滴の血も出ていないのだ。

「み、宮城さ……ん？」

もう一度名前を呼んで彼の唇に耳をそっと近づける。すると、微かな吐息が感じられた。

「かふ……っ」

次の瞬間、まるで溺れた人が、人工呼吸で息を吹き返したときのような声を漏らし、ゆっくりと彼の目が開いた。

孝義は彼の顔をのぞき込み、生きていると確かめて心の底から安堵の吐息を漏らすとともに、喜びの涙を溢れさせた。

でも、どうして胸に弾を撃ち込まれて彼は無事だったのだろう。彼の体を抱き締めているうちに、その答えはすぐにわかった。宮城のシャツの下に何か硬い感触がある。銃撃戦を予測して、彼は防弾チョッキを身に着けてこの場にやってきていたのだ。

それでも、至近距離から弾を受けたため、その衝撃は半端ではなかったはずだ。珍しく苦痛に表情を歪め、孝義の助けを借りながらヨロヨロと起き上がる。

「無事か……？」

こんなにも傷つきながら、まだ孝義のことを案じている。もちろん無事にきまっている。宮城が全身全霊で守ってくれたのだから。

孝義は自ら宮城の胸に頬を寄せ、その体を支えるように抱き締めながら言った。

「よかった。あなたが生きていて、本当によかった……」

「俺は死なない。おまえを守らなければならないからな……」

そう言うと、宮城もまたボロボロの体で孝義を抱き締めてくる。

自分という人間は、いつから特別な存在として彼の中にいたのだろう。最初の出会いを未だに思い出せない孝義にはわからない。けれど、宮城という男もまた、気がつけば確かに特別な存在として孝義の中にいると感じていた。

◆◆

傷ついた宮城に肩を貸して心霊スポットから車道まで戻ると、孝義が連れられてきた黒塗りの車の他に、見覚えのある軽自動車が停まっていた。矢部の愛車だった。

矢部は宮城と孝義の姿を見るなり、真っ青になって車から飛び出してきた。

「な、な、何があった？」

数時間前にタウン誌の取材で一緒にカフェにいたはずの孝義が、宮城と一緒にボロボロの状態で心霊スポットから戻ってきたのだ。矢部は本気でわけがわからないと、困惑を通り越して呆然としていた。

事情は車の中で説明すると言い、孝義は宮城を後部座席に乗せた。急所は外れているとはいえ、肩と腕の二ヶ所を撃たれているし、足場の悪い場所で孝義を庇《かば》いながら文字どおり死闘を繰り広げたのだ。疲弊しきった宮城はぐったりとして、瞼《まぶた》も落ちかけている。

軽自動車の後部座席は長身の宮城が横になるには狭すぎるが、それでも不自由な格好でスペースをいっぱいに使って横になり、すぐさま眠りに落ちていった。

孝義は助手席に座り、運転してくれる矢部にまずは謝った。今回の一連の出来事はすべて自分の危機管理の甘さから起こったことだ。

「いや、なんか、俺も途中からわけがわかんなくなってんだけどさ、あれって絶対タウン誌の記者じゃなかったよな?」

そのへんからまだ曖昧で事情が呑み込めていない矢部に、孝義はちょっと苦笑を漏らしてしまった。やっぱり、彼は裏切ったわけでも買収されたわけでもない。本当に何も知らないまま騙されていたのだとわかりホッとしたのだ。

そして、孝義はこの三年間の矢部との友情に終止符が打たれることを覚悟し、ずっと言えなかった真実を語り出した。

「ずっと黙っていてごめんなさい。本当のことを言うと、僕の実家は企業経営しているわけではないんです。父は『生野孝信』といい、広域指定暴力団の組長です」

一瞬、矢部が息を呑んだのがわかった。そして、目を剥いてチラッとこちらに視線を寄こす。すぐに前を向いて運転に集中しようとしているが、ハンドルを握る手がせわしなくその場所を変えていて、彼の動揺が孝義にもわかった。

だが、もう途中で話をやめるわけにはいかなかった。孝義は先に後部座席で眠っている宮城のことから説明した。

「彼は生野組の構成員で、父が僕の身辺警護のために東京から寄こした人物です」

「身辺警護？　ってことは、今回のことはおまえが狙われていたわけ？」

「多分、先輩もニュースで見て記憶にあるんじゃないですか？　東京で生野組の本家屋敷に暴漢が押し入り、組長に発砲したという事件……」

そのとき、矢部が「あっ」と小さく声を上げた。

「い、いや、でも、『生野』って苗字はものすごく珍しいわけでもないし、あのときはそういう偶然もあるのかって思ったくらいで……。第一、おまえとヤクザって、全然イメージが結びつかないっていうか……」

この三年間、孝義が出自について適当な嘘をついていても誰も疑わなかったのは、気弱で争いを好まない穏やかな印象が強かったからだろう。

しかし、孝義はもう何一つごまかしたり、嘘を言ったりするつもりはなかった。父が一人息子の孝義を組織から遠ざけて育ててくれたことから、今回ニュースになった事件の背景にある新興組織との抗争まですべて語って聞かせた。また、自分自身も今年の春先から京都にいても命を狙われることがあり、極めて不穏な状況が続いていたのだと正直に打ち明けた。

「宮城さんがいなければ、僕はとっくにあの世に行っていたかもしれません。今回もまた……」

「あの、ちょっと、待て。ということは、今回は俺がその敵の連中の手引きをしちゃったってこと？　うわっ、俺、駄目じゃん」

矢部がようやく自分の役割に気がついて、片手で額を押さえている。

「いいえ、先輩も騙され利用された被害者ですから。僕のせいでとんだトラブルに巻き込んでしまい、本当に申し訳なく思っているんです」

今後も孝義と友人でいれば、どんな危険に巻き込まれるかもしれない。そう思えば、矢部がこれをかぎりに孝義と距離を置きたいと考えても無理はないだろう。そして、友人の多い彼の口から、この話が誰かに伝われば、きっと孝義の数少ない友人も消えてしまうに違いない。

その覚悟はもうできている。宮城にここまでの危険を強いてこの身を守らせ、自分だけが何喰わぬ顔で世間にまぎれてのうのうと生きていくことはできない。

孝義の告白を聞いて、矢部はいつになく真剣な顔になったかと思うと、急に路肩に寄せて車を停めた。もしかして、ここで宮城とともに車から降りろと言われるのだろうか。そういう反応もまた普通だとは思うが、できれば傷を負っている宮城だけはなんとかマンションまで運んでもらいたかった。

それを頼もうと孝義が口を開く前に、矢部はこちらを見てちょっと怒ったような顔で言う。

「あのな、なんでそういうことはさっさと打ち明けないんだ？　まぁ、知り合ったばかりの頃は無理だろうけど、三年もつき合っていて、なんにも知らされてなかった俺ってどうよ？　そんなに信用されてないわけ？　俺はおまえのなんだ？　学部の先輩でもあるけど、友達じゃないのか？」

「え……っ？　あ、あの……」

矢部が何に怒り、不満をぶちまけているのかわからず、孝義が返事に困っていると、やがて彼はいつもの人好きのする笑顔を浮かべて言った。

「実家のことは実家のことだ。おまえはおまえだ。ちなみに、うちの実家は酒屋だ。でも、俺は京都で学生をやっている。なんか違いがあるか？」

酒屋と暴力団ではかなり違うが、強引な矢部の言葉の裏には、実家のことを聞いて逃げ出すような奴は本当の友達じゃないという気持ちがあるのはわかる。

「俺はおまえとはつき合うが、おまえの実家とつき合ってるわけじゃないし、つき合う気もないから」

「でも、いつまたこんなことがあるかもしれませんし、先輩を危険な目に巻き込んだりしたら……」

「心配すんな。そのときは素人なんで、全速力で逃げさせてもらうから」

いっそきっぱりと言われて、笑いそうになった。本当は逃げ切れる危険ばかりではないと矢部もわかっているはずだ。それでも、あえてそんなふうに言ってくれる気持ちが何より嬉しかった。

そのとき、後部座席で眠っている宮城が微かに呻いた。傷が痛むのかもしれない。二人してチラッと後ろを見てから、矢部が再び車を発進させる。

孝義は思い出したように、矢部に気になっていたことを訊いてみる。

「あの、いまさらなんですが、宮城さんに何かされませんでした?」

この車であの心霊スポットまで宮城を連れてきたということは、そこに至るまでのプロセスを想像しただけで孝義の胃が痛み出しそうだった。

「いやぁ～、されたなんてもんじゃない。『孝義に万一のことがあったら、おまえも覚悟しておけ』って凄まれて、俺半ベソで車の運転してたから」

多分、大げさに言っているわけでも冗談でもないと思う。

あのあと、マンションを出て孝義を追った宮城が大学に行っても姿は見当たらない。孝義が先輩とカフェでランチをすると言っていたのを思い出し、構内のカフェに行ってもいない。

そこへタウン誌の記者に孝義を連れ去られ、何がなんだかわからないまま矢部が大学にやってきた。そのときになって、タウン誌に問い合わせてみようと携帯電話を手にしたところで宮城に捕まったらしい。事のいきさつを話したら、顔色を変えてそのカフェまで案内しろと言われた。しかし、もちろんすでに孝義たちの姿はない。

携帯電話を持っていない孝義だから、ＧＰＳで居場所の検索もできない。そこで、孝義を拉致した連中が京都弁ではなく、標準語で話していたと矢部が思い出したのだ。ということは、彼らもまたこの近辺に土地鑑はない。

「もう襟首をぐいぐい絞められて、何か思い出すことはないかって言われてさ。そういえば、あの連中にインタビューされたとき最近はまっていることを訊かれて、心霊スポット巡りって答えたんだよ。そしたら、えらい喰いついてきて、その場所をやたら詳しく知りたがるわけ。奇妙だなとは思ったけど、そのときはまた今度タウン誌でそういう特集をするのかと思ってさ……」

その特集でもお呼びがかかるかもと矢部は張り切ってまだネットでもあまり噂になっていない、あの心霊スポットの場所を教えたそうだ。

その話を訊き出した宮城は、間違いなく孝義がそこに連れられていくに違いないと踏んだ。

「で、さっきのセリフだよ。俺、もうなんかわけわかんないけど、責任感じちゃって必死で車運転したさ」

宮城が思いのほか早くあの場所にたどり着いたのは、連中が道に迷いながらようやくあの場所を見つけたのと違い、矢部は以前にもきた場所だったので迷わず車を飛ばしてくることができたからだ。

「それにしても、なんかすごい迫力だよな。おまえ、実家じゃこんな人に囲まれて暮らしてるわけ？　で、おまえの親父さんって、こんな人たちを牛耳ってんの？」

そう言われて、孝義は自分の実家のことを思い出す。

父は孝義に接しているときは、いつだってごくありきたりな一人息子に甘い父親だ。また、帰省したとき本家の屋敷で顔を合わせる牛島や立原は体躯も立派で強面とはいえ、穏やかな雰囲気がある。ここまで尖《とが》った人間は生野組でも珍しいと思う。なので、孝義は思わず言い訳にもならない言葉を口にした。

「あの、この人はちょっと特別なんです。今はヤクザですけど、元は刑事だったんで……」

「はぁ……？」

矢部が素《す》っ頓狂《とんきょう》な声を上げてこちらを見る。だが、少し間を置いて、感心したように何度も頷いていた。

「刑事とヤクザは同じ匂いがするって書いている小説を読んだことがあるけど、本当だったんだな」

よくはわからないが、善悪のメーターがそれぞれの方向に振り切ったところには奇妙な共通点があるのかもしれない。

矢部がしのび笑いを漏らして、後部シートの宮城が起きないよう小さな声で言う。

「元刑事のヤクザか。おまえのお目付け役、最強だな」

まったくそのとおりで、孝義も思わず苦笑とともに頷いた。


とんでもない一日だった。

父に話せば心配するだろう。けれど、組の問題が絡んでいることだから、きちんと報告はしなければならない。だが、孝義があれこれと言葉を探して迷っているうちに、怪我の手当てをすませた宮城が先に報告の電話を入れてくれた。

さすがは元刑事だけあって、起こったことを端的に順序立てて結末まで報告する言葉は淀みなく完璧だった。これまでも何かあればこんなふうに東京に逐一報告を入れ、向こうの状況を聞き、孝義によけいな不安を与えたり心配をさせたりしないように処理してきてくれのだろう。

　勝手に判断して孝義への情報を遮断していると思い込んでいたことは、すべて宮城の心遣いであったと今になってようやく知った。そして、宮城の報告のあとに孝義が代わって電話に出る。

『孝義、すまないな。おまえを危険に巻き込むことのないよう、配慮してはいたんだが……』

「北関東会との関係とか難しいことはよくわからないけれど、とにかく僕は無事だから。何があっても宮城さんは必ず守ってくれるから」

　聞けば、目崎組の仁義を欠いたやり方には北関東会のほうが激怒していて、徹底的に潰すと息巻いていたようだ。生野側は台湾マフィアの連中を切り離して、目崎の者は下部組織で面倒を見るという考えで話を進めていたが、そうなると台湾マフィアが黙っていない。

　孝義を拉致して殺そうとしたのは台湾マフィア寄りの連中で、過激に事を進めて目崎組自体を乗っ取り、強引にシマ拡大の交渉を持ちかけようとしていたようだ。

　だが、北関東会の働きもあり、目崎組の内部分裂もどうにか収まりがつきそうだという。おそらく新聞やニュースにはならないレベルで水面下の争いは相当数あったのだろう。

『こちらの事情など話しても仕方がないが、いずれにしても目崎の連中とは手打ちの段取りが進んでいる。夏休みには戻ってきて、母さんの墓参りをしてやってくれ。ああ、そうだ。イタリアへ行く報告もしてやらないとな』

　父親の言葉に、孝義はとりあえず安堵の吐息を漏らした。そして、夏休みの早めの帰省を約束して電話を切って宮城に携帯電話を返すと、彼は黙ってキッチンに向かう。

そこで自分のコーヒーと孝義の紅茶の用意をしているので、慌てて彼のそばに行き言った。

「僕がやりますから、宮城さんは座っててください」

さっき傷の手当てをしたばかりで、前を開いたままのシャツ姿だが、右肩と左腕には包帯が巻かれている。それ以外にも体中に打撲や切り傷があって、頬や首にも傷テープを貼った状態だ。

本当は病院に連れていきたかったけれど、ナイフの傷と違って銃創はごまかしが利かない。うっかり手が滑ったというわけにはいかないし、医師から警察に連絡が行く可能性が高い。

弾が掠っただけなので、消毒をしておけば大丈夫だと宮城は言う。ただ縫わないでおくとその部分の肉が盛り上がり少しばかり派手な傷痕が残ってしまうが、それくらいはなんでもないと笑う。それに、前回の怪我のときに、鎮痛剤と抗生物質を多めにもらっておいたので、それを飲んでいればあとは自然に治ると言うのだ。

それでも、ひどい怪我人であることには違いないのに、そんな体でキッチンに立たないでほしい。孝義が宮城の手を引いてリビングに連れていこうとしたが、そのとき彼が反対に孝義の手を引いた。

「あ……っ」

傷ついて包帯や傷テープだらけの彼の胸元に遠慮気味にもたれ込む。宮城が孝義の髪を撫で、その手はそっと頬に触れてくる。離れていた時間はそれほど長かったわけでもないのに、この人の手の温もりがこんなにも懐かしい。

孝義は彼の胸に頬を寄せながら、今ならずっと知りたかったことの答えを聞けるかもしれないと思った。

「あの、教えてもらえませんか。僕はいつ宮城さんと会っているんですか？」

彼はいつどこで、まだ幼かったという孝義に出会っているんだろう。また答えをはぐらかされてしまうだろうか。そう思って、不安げに彼の顔を見上げた。

するとは、宮城は微かな吐息とともに自分の運命を変えたその日のことを語り出した。

「あのときのお前は十二くらいだったかな。震えて母親に抱きついている姿は、まるであの絵の赤子のようだった」

「あの絵って、『ラ・テンペスタ』ですよね？」

孝義の遠慮気味の確認に宮城が頷いた。

十二歳といえば、小学校の六年のときだ。そのときのことはもちろん記憶にある。そして、孝義の人生の中で衝撃的な出来事、生野の本家の家宅捜査を経験した歳だ。

組の連中が怒鳴り声を上げ威嚇するのを蹴散らすようにして、一気になだれ込んできた大勢の警察官や刑事の姿は今でもこの目に焼きついている。

その瞬間、ずっと記憶の奥に閉じ込めていたことが脳裏にフラッシュバックのように蘇ってきた。

「もしかして、あのとき……？」

あのとき、彼はあの現場にいたのだろうか。震えるばかりで母に抱きついていた孝義には、宮城を見たという記憶はない。だが、恐れずに一つ一つの記憶を丁寧に手繰り寄せていると、宮城がついにその胸に秘めていた事実をきっぱりと告げた。

「そうだ。俺が初めておまえを見たのは、あのガサ入れの日だ。あの日、おまえが俺の運命を変えたんだ。だから、俺は今こうしてここにいる」

「そ、そんな……」

宮城の胸に両手を当てて、彼の顔を見上げる。彫りの深い骨格と、三白眼気味の目。冷たい印象の漂う薄い唇。そんな彼の顔のパーツを確認しているうちに、ある光景が孝義の記憶の中に浮かび上がってきた。

機動隊の紺色のユニフォーム。ヘルメット姿で、刑事と揉み合った組の者を取り押さえようと屋敷の中に入ってきた男がいた。

刑事は取り押さえた組の者を連行しろと命じたが、その組員が刑事の拘束を振り解いて逃げたので機動隊員の一人が追ってきたのだ。

広い日本家屋は長い廊下でそれぞれの部屋が繋がっているが、初めて入った者には迷路のように複雑だ。懸命に男を追って、母親と孝義が身を隠すようにしていた奥座敷の襖を開いたあの男が彼ではなかっただろうか。

「あのとき、俺はこの世で信じられないほど美しいものを見た。腐り切った暴力団の屋敷の奥座敷に、まさかそんなものがいるなんて思ってもいなかった」

それは本当に孝義のことだろうか。美しいものと言われても、泣きそうになって震えていただけの自分にはわからない。

「言っただろう。それまでの俺は社会悪を己の正義でもって取り締まることに生き甲斐を覚えていたんだ。暴力団の本家屋敷のガサ入れとなれば、腐った連中を全部まとめて連行してやるつもりでこれ以上にないほど張り切って参加した任務だった」

ところが、穢れの温床のようなその場で、宮城は十二歳の孝義に出会った。それが彼にとって運命の啓示となったのだ。

「でも、そんな……」

たかが十二歳の少年を見て、いったい宮城は何を感じたというのだろう。孝義にはやっぱりわからない。

すると、宮城自身も苦笑を漏らす。

「俺自身もわからん。うまい言葉も見つからん。強いて言うなら、嵐の中にいていきなり雷にでも打たれたようなものだ」

ジョルジョーネの『ラ・テンペスタ』では、男と女の関係を謎と捉えている。男が女性を見つめる視線の意味を探り出そうと、多くの研究者が議論を重ねてきた。だが、宮城の視線は母ではなく、孝義を見つめていたという。

「俺は、あの日からどうしてもおまえが忘れられなかった。寝ても覚めても考えるのはおまえのことばかりだった。そして、気がつけばこの胸が痛く苦しくなるほどにおまえという存在を求め、他は何もかもどうでもよくなってしまった」

孝義の肩を抱いていた宮城は頬に唇を寄せてから、自嘲的な笑みを浮かべてみせた。

それまでの信念であった社会のための「正義」は、己自身の「執着」にとって変わった。奇《く》しくも、これまでの実績とあのときの家宅捜査の際の活躍で、宮城は二十五歳と十ヶ月で刑事課へと移転を命じられた。

刑事になって職務に励む傍《かたわ》ら、どうにかして生野組に近づく方法はないかと思案したという。もちろん、孝義の姿を見たいという一心からだ。

孝義が中学の頃、宮城は非番のときや職務の合間にその姿を遠巻きながら眺めては自分の気持ちを慰めていたという。

「通学路の途中で、友人たちと談笑しながら歩く姿を何度となく見ていた。周囲の人間も景色もおまえ以外は目に入らなかった。未だに奇妙に思っているが、あの日から俺の目にはおまえ以外のものには色がない」

「色がない……？」

それは、文字どおり色褪《いろあ》せて見えるらしい。そして、宮城の目には孝義だけが色鮮やかに息づき、生きている者の温もりが感じられた。成長過程で少年が身につけていくであろう凛々しさやたくましさも、孝義にかぎっては愛らしさから美しさへ変貌していくようだったと真面目な顔で言う。

「だが、高校に上がったおまえは、地方の進学校の寮に入ってしまったからな」

その頃から宮城は警察を裏切り、生野組に情報を流すようになっていった。あれほど正義を信じ、悪を嫌悪していた宮城が、孝義を求める一心で生野組に擦り寄ってその機会をうかがうようになっていたのだ。しかし、そんな悪事もやがては発覚する。三年ほど前についに情報漏洩がばれて、宮城は懲戒免職になった。

「もう警察に未練はなかった。それに、おまえは高校のときよりも遠い、京都の大学に進学してしまったしな。俺は迷わず生野組の門を叩いたよ。そうすれば、もっとしっかりとおまえとの接点ができるからな」

彼が生野組に入ってからも、孝義は一年に二度帰省するだけだった。それどころか、組にはいっさいかかわらず、屋敷に顔を出す幹部に会えば挨拶を交わす程度。盃をもらったばかりの宮城が、本家に帰省している孝義を見かけることは滅多になかった。

そんな日々の中、宮城の心はそれまで以上に孝義を求めるようになっていったという。

「俺はおまえに飢えていたんだ。見たい、会いたいという願望はやがて別の欲望に変わった」

触れたい、抱きたい、自分だけのものにしたい。そんな妄想にも似た欲望が暴走しそうになるのを、いつしか懸命に抑えなければならなくなったという。

「そんなとき、思いがけないことが起きた。目崎の反乱だ。新興の弱小組織のくせに台湾マフィアに煽られ、よりにもよって生野のシマに手を出してきやがった」

台湾マフィアのやり口は、その昔四課の刑事だった宮城もよくわかっていた。きっと組長の身内にも手を出してくるはずだ。だから、孝義の身辺警護に自分が京都に行くことを志願したという。それは、他の組の人間には厄介でも、宮城にとっては願ってもない役割だったのだ。

そして、宮城は京都へやってきた。あの春の嵐の日に。孝義はその嵐に呑み込まれそうになり、手を伸ばした先にいたのは宮城だったのだ。

「ずっと考えていたんだ……」

孝義を抱き寄せて、宮城は両手で顔を挟み込むようにしてじっと見つめる。いつもは突き刺さりそうな鋭い視線が、このときばかりはうっとりと何かに見とれるように潤んでいた。

「その顔が誰かに似ているような気がして、必死で思い出そうとしたがわからなかった。だが、おまえの部屋にある本を見ていて気がついた。おまえは宗教画に出てくる天使によく似ているよ。だから、あんな家に生まれてきたのにどこまでも美しい……」

それは、彼の中のぼんやりとした「美」のイメージなのだろう。

天使が白い羽を背負った、ただ愛らしい存在だと考えている者は少なくない。特にキリスト教の土壌ではない日本において、天使はあくまでも愛すべき無垢なる者の象徴のようなところがある。だが、ルネッサンス芸術を学んでいる孝義には、天使についてまるで違うイメージがある。

「でも、宗教画の天使なんて、異様なものも多いんですよ。そもそも、今の美意識とは違いますから……」

さすがに「天使」とまで言われたら、気恥ずかしくて困る。だが、異様な天使が少なくないのも事実だった。

体つきが幼児なのに、顔の成熟度と一致していなくて印象がアンバランスなものは多い。背中に羽の生えた姿も見ようによっては奇妙だし、中には生首に羽が生えて天空を飛んでいる天使の絵もある。そして、彼らはときに悪戯好きで、意地が悪く、常に愛らしく無垢な存在でもないのだ。すると、宮城は少し考えて言う。

「異様か。そうでもない。俺が見た天使は羽などなかった。確か、洞窟《どうくつ》の中で赤子を指差している姿だったぞ」

その言葉に孝義はハッとした。それは、ダ・ヴィンチの『岩窟の聖母』ではないだろうか。

聖母マリアを中心に、岩窟の中で生まれたばかりのキリストに祝福を与えるのは大天使ウリエル。そのそばにはキリストと同じ幼児の姿で洗礼者聖ヨハネがいる。ダ・ヴィンチの最高傑作の一枚だ。

だが、この絵もまた謎が多い。と同時に、この絵の天使ウリエルはその美しさにおいて、世界中が認める天使の中の天使でもある。

「そんな馬鹿な。だって、ウリエルは……」

あの天使の美しさと孝義を同様に語るなんて、やっぱりおかしい。宮城の中で孝義のイメージはずいぶんと歪曲されて、彼の美意識に適《かな》うようにすっかり変化している気がした。

「ウリエルだかなんだか知らんが、おまえはおまえでいい。生きているし、抱けば淫らに身悶えもするしな。俺にとってはそれだけで充分だ」

二人してお茶のことはすっかり忘れ、気がつけば抱き合って唇を重ねていた。もう言葉よりも互いの温もりを確かめ合いたかった。そして、ゆっくりと唇を離して孝義が言った。

「あなたの言っていることはよくわからない。僕にはどうしてもわからない。でも……」

傷ついた宮城の体を労わるように両手でそっと撫でながら言った。

「でも、僕はあなたのそばにいると、きちんと呼吸ができる気がします」

宮城は孝義の頬に口づけ、顔の輪郭を確かめるように指先でそっとなぞっていくと彼に似合わない優しげな笑みを浮かべて答える。

「それはよかった……」

もはや微塵の迷いもなく、孝義は宮城の腕の中で「愛」と呼ぶには激しすぎて痛い何かを感じている。でも、それこそ孝義が二十年の人生でひたすら求め続けてきたものだ。だから、もう恐れない。もう逃げはしない……。

◆◆

自分が暴力団の組長の息子として生まれてきたことで、周囲から偏見の目で見られてきたのは事実だ。そのせいで、いつしか自分自身も周囲から距離を取ってつき合うようになった。孝義がこれまで構築してきた人間関係には常に嘘や偽りが伴っていた。

そして、自分が背負うもう一つの十字架があった。同性にしか性的欲望を感じない性癖だ。孝義がこの世に生を受けたとき、同時に与えられた二つの重い枷《かせ》だった。

そのどちらからも一生逃れることはできないと覚悟していた。そして、それらとどうにか折り合いをつけながら、自分は研究の道に生きていくことを決めていた。

それなのに、春の嵐とともに突然目の前に現れた男は、孝義のどちらの枷も簡単に外してしまった。ただ一つ、「おまえがほしい」という理由だけで……。

二人は互いの温もりを貪るためにベッドへ倒れ込む。どちらの部屋のベッドでもよかったが、宮城に腕を引かれるまま彼の部屋に入りそこで体を重ね合った。

何度か口づけを繰り返し、宮城が孝義の欲情を煽っていく。自分の中に長年秘めてきた願望は、孝義もまた同じだった。同性の体と手と唇。それが与えてくれる本当の快感を宮城が教えてくれた。きっと他の誰であっても、これほどまで剥き出しの自分で溺れることはなかっただろう。

「あっ、宮城さ……ん」

自分らしくもない甘い声で彼の名前を呼んだ。そのとき、なぜか彼が体を起こして、孝義の顔をじっと見ると険《けわ》しい表情になった。どうかしたのだろうか。そんな顔を見たら、孝義も不安になる。

戸惑う孝義に向かって、宮城がたずねる。

「おい、あのとき服が乱れていたが、何かされたんじゃないだろうな?」

ギクッとして体を硬直させる。宮城が最初にスタジアムジャンパーの男を撃ったとき、孝義はちょうどスーツの男に体を壁に押しつけられ、ジーンズと下着まで下ろされて股間を握られていた。

嫌悪感で泣きそうになり体を震わせていたところへ宮城がきて、どさくさにまぎれてジーンズを上げたが、確かに服装は乱れていたと思う。

孝義がどうごまかそうかと困っていると、いきなり片手で頬を強くつかまれた。

「何かされたのか？」

慌てて首を横に振った。けれど、宮城はいまいち信用していないようにこちらを睨みつけ、ゆっくりと頬をつかんでいた手を離した。正直に言ってみろとその目が告げていた。嘘をついても、きっとばれてしまう。彼の視線の前で孝義は最初から無力だった。

「さ、触られただけ……。危なかったけど、宮城さんがきてくれたから、それ以上はなかった」

「本当か？」

嘘じゃないと孝義は何度も頷いた。それでも宮城は、自分以外の人間が孝義に触れたことに苛立ちを隠せないように言った。

「服を脱げ」

「えっ……？」

「さっさとしろ」

絶対的な命令口調もまた出会ったときからだった。孝義は黙って身に着けていたシャツを脱ぎ、ジーンズを下ろした。Tシャツと下着だけの姿になると、それを取る間も待てないように宮城が覆い被さってきた。そして、性急な手つきで孝義を裸にしてしまうと、全身を撫で回すようにして触れてくる。

男が触れた痕跡を探そうというのか、それとも自分の手でその痕跡を消すつもりなのだろうか。

「あっ、んん……っ」

覆い被さったこの重みは他の誰のものでもない。宮城がそばにいて、自分を抱き締めている。この人のそばにいることで、今の自分は微塵の不安もない。

「おまえは俺のものだ。他の奴に触らせるんじゃない」

とんでもない言葉だと思っていたけれど、今となってはその執着と独占欲に自分の帰属するべきところを得たような不思議な安堵感を覚えていた。

「ご、ごめんなさい。もうさせない。誰にもさせませんから……」

理不尽な命令にも自然と詫びの言葉を口にしている。

その唇に宮城の唇があらためて重なってきて、いつものように舌が孝義の口腔を嘗め回す。喉の奥まで貪るようないつもの口づけだ。けれど、今日は孝義のほうからも応えてみた。少しだけ舌先を動かして、彼のものに絡めるようにしてみる。

その瞬間、言葉にできない快感が体の中に駆け巡った。求められるだけでなく、求めてみること。たったそれだけで、孝義はこれまで知らなかった快感を確かに得ることができたのだ。

長い口づけのあとゆっくりと唇を離したら、宮城が体を起こして自分のシャツを脱ぎ捨てる。細身でありながら、鍛えられきれいについた筋肉の上には激しい戦いによってできた傷が無数にある。

どんな修羅の人生を歩んできたのだろう。孝義は暴力団の組長の一人息子という立場で生まれたけれど、きっと宮城に比べればはるかに穏やかな日々を生きてきたのだと思った。

自分の出生を恨んだことがないとはいえない。何度も普通の家庭に生まれていたならと思ったことはある。だが、今となっては自分がいかに守られて生きてきたのかと思い知り、父や亡くなった母に感謝したい気持ちだった。

そして、文字どおり命がけで自分を守ってくれた宮城にも、言葉にならない感謝の気持ちを抱いている。

けれど、この体をあずけているのはけっして恩を感じているからではない。孝義は彼の腕の中にいると、救われ、許され、そして誰よりも愛されているような気がする。

彼の体の傷の一つ一つが愛しく思えて、一度体を起こすとその傷口に自ら唇を寄せた。少し時間の経った手のひらの傷に唇を押し当て、できたばかりの切り傷や打撲の痕に口づける。何重にも包帯が巻かれたところにも唇をそっと寄せる。

孝義は心行くまでそうしてから、宮城の首筋に両手を回して抱きついた。

「あの男に触れられたとき、とても嫌だった。僕は宮城さんがいい。きっとあなただけがいいんだと思います」

まともな恋愛経験のない孝義には、あまりにも不器用な告白だった。けれど、はっきりと宮城がいいと言った。それが精一杯だった。

「孝義……」

宮城に名前を呼ばれると、くすぐったいような不思議な気持ちになる。「坊ちゃん」でもない。「おまえ」でもない。父と数少ない友人以外で、自分の名前を呼び捨てにした初めての人だ。

宮城は孝義の体をベッドに横たえて、これまでにないくらい優しい愛撫を全身に与えてくれる。どこに触れられても感じてしまう。とりわけ股間と後ろは慎みを忘れて淫らな声を漏らしてしまう。

「ここがいいのか?」

孝義は正直にガクガクと首を縦に振る。股間を擦り上げながら、後ろの窄まりを慣らしてもらうとき、激しい羞恥とともに、これ以上ないほどの解放感を覚える。

まるで動物が信頼している人間に腹を見せているような気分だ。今この瞬間、宮城は孝義の体をどうとでもできる。殺すも生かすも彼次第だ。

そして、孝義はもう殺されても構わないという思いで何もかもを彼にあずけている。宮城が自分を殺すとしたら、そうしなければならない理由があるときだ。それはきっと人には理不尽に思える理由であったとしても、孝義には理解できるはず。

「あっ、ほ、ほしい……。宮城さん、お願いっ」

高ぶった股間は今にも弾けそうになっている。後ろの疼きももうこらえようがない。こんなときどうすればこの体が満たされるのか、孝義はもう知っている。

宮城自身をこの体の中に埋めてほしい。痛みも息苦しさも、すべてが快感に変わる瞬間があるからそうしてほしい。

大きく開かれた両足の間で宮城が体を進める。硬く太いそれが自分の中に入っていく感覚は、失った何かを取り戻すのにも似ている。

「うう……っ、あっ、んんぁ……っ」

宮城が低い呻き声とともにさらに奥まで入ってくる。孝義の中が熱い塊で抉られ、擦られる。一番奥に達したそれは、ゆっくりと抜き差しを始めて、やがて息もできないくらいの速さへと変わっていった。

「はぁ……っ、はっ、ああ……っ」

揺さぶられるたびに声が漏れる。どの瞬間も孝義は夢中になって宮城の名前を呼び、唇を求める。その望みはすぐに叶えられる。

幸せという気持ちを、母が亡くなってから長い間忘れていたような気がする。父の愛情を充分に感じてもなお、この身には足りない何かがあった。でも、宮城がそれを自分にくれた。

たとえこれが愛であろうとなかろうと、孝義にはもうどうでもよかった。彼は自分のそばにいると言う。孝義は彼がいればいいと思う。ただそれだけだった。

「あっ、も、もう……っ」

こらえ切れないと体を仰け反らせたとき、宮城が今一度一番深いところにやってきて、自分自身を解放した。

コンドームを着けているとわかっているけれど、孝義のそこが濡れる。体の一番奥がしとどに濡れていく。この感覚が、一人ではないということを教えてくれる。

そして、せつなさが心に満ちていく。それは、どこまでも愛しさに似たせつなさだった。

激しく抱き合ったあと、息が整ってからも二人はぴったりと身を寄せ合ってベッドに横たわっていた。そして、彼の手がさっきから何度なく孝義の髪を撫でる。

そんな宮城の肩の包帯には少しばかり血が滲《にじ》んでいた。眠る前にもう一度消毒をして、包帯を巻き直したほうがいいだろう。そう思いながらも孝義がうっとりとした気分で瞼を何度も落としかけたとき、宮城が寂しげに問うた。

「イタリアへ行くのか?」

ハッとして、目を見開いた。そのことをまだきちんと話していなかった。けれど、どれほどこの温もりが愛しくても、行かなければならないと思う。それは、自分の志す道だから。でも、それは宮城から逃げ

るためではない。そのことを理解してもらえるだろうか。

「もっと知りたいことがあるんです。もっと学びたいことも……」

自分に唯一許されているのは研究者としての道だと思っていた。けれど、そうではないと今はもう知っている。孝義のそばには宮城がいて、確かめ合える温もりがある。

ありのままの孝義を受け入れて守ってくれる人だからこそ、この人に甘えて生きていってはいけないと思うのだ。選んだ道を見失うことなく、自分自身であり続けなければならない。そのうえで、宮城との関係を考えていきたいと思うのだ。

孝義は体を少し起こして、彼の顔を見下ろしながらたずねる。

「戻ってきますから、待っていてくれますか？」

もう追ってきてもらわなくても、自分はちゃんと帰る場所を知っている。だから、この言葉を信じて待っていてほしい。

孝義の問いかけに、宮城がゆっくりと頬に手を伸ばしてくる。そのとき、彼が微かに笑った。まるで憑き物が落ちたように穏やかで、今までに見たこともないような優しげな表情だった。

「もうずいぶん長くおまえを追いかけて、俺も少し疲れた。戻ってくるというなら、待っていることにしようか」

自分が築き上げてきた多くのものを捨て去り、ただ孝義だけを求めてきてくれた人。そんな彼が穏やかな表情でそんなことを言う。孝義を手に入れたのだから、彼はもう苦しい妄想に悩むことはない。

孝義が渇愛《かつあい》と執着の嵐に巻き込まれたように、彼もまた運命の嵐に巻き込まれた男なのだ。二人を呑み込んだ嵐が今穏やかに通り過ぎようとしている。そこに「愛」だけを残して……。

リビラチオーネ

それをイタリア語で「リビラチオーネ」（Rivelazione）というのだと、孝義《たかよし》がイタリアに旅立ってから知った。すなわち「啓示」である。神が自ら、もしくは天使などを介して人に伝える何かをいうらしい。

神など信じてはいない。昔も今も、人が神に創られたなどといわれても、宮城《みやぎ》にとっては単なるおとぎ話ですらない戯言《ざれごと》だ。

人は人として生まれ、人として死んでいく以外に何もない。ずっとそう信じてきた。日本にいるかぎりそれで何か不自由を感じることもなければ、無宗教でいても不利益をこうむることもない。

宗教だけではない。愛だとか、美だとか、そんなものは宮城の人生には無縁のものだった。自分の中にあったのは「正義」と「悪」のみだったから。

今にして思えば自分の成長過程にはさまざまな問題があったらしい。

幼少の頃に母親を亡くし、父親が再婚した義理の母親との折り合いは悪く、高校の教師という職にありながら、息子の教育にはひどく偏った考えでもって接していた父親とも思春期を境に距離を置くようになった。

十代の自分が何を考えていたのか、今となってははっきりと思い出すこともできない。何か霞《かすみ》がかかったように、あの時代は不明瞭でひどく心許ない時代だった。

ありのままの己をさらけ出し、大人に逆らったり馬鹿げた真似をしたりして、ともに腹を抱えて笑えるような友人がいればまだしも人生は違っていたかもしれない。

だが、幸か不幸か宮城は己の意に染まないことをしてまで誰かと一緒にいたいと思うような人間ではなかった。一人になるのが嫌だという理由だけで、必ずしも正しいわけではない人間に迎合《げいごう》したくはなかったのだ。

もともと一人でいても寂しく感じることもなければ、周囲と違う自分に不安になることもない。そんな宮城は、対人関係が苦手というより必要ないと思っているところがあった。

何かに悩めば、己で解決すればいいだけだ。それが父親の常日頃から言っていた、「正義感」と「責任感」に通じるものだと信じていたように思う。

けれど、実家には自分の居場所がないのも事実だった。父親と義理の母親とは違う己の人生を生きていくと決め、高校を卒業すると同時に実家を出るべく選んだ道は、「悪」を国家の権力でもって取り締まる警察だった。

間違いのない選択だと思っていたし、試験に合格して研修を受けている頃からここがまさに自分の居場所であると感じていた。

同期の誰よりも悪を憎む心は強かった。どんな事情があろうと、犯罪者は地獄へ落ちてしかるべきだというほどに、宮城は社会正義を絶対なものと考えていた。今にして思えば、そういう正義感はひどく病的なものであったにもかかわらず、どこまでも傲慢でいてどこまでも愚かであったのかと苦笑が漏れる。

そして、そんな偏った思想に気づかされ、それまでの信念を叩き壊す存在と出会う日がやってきた。

機動隊で一連隊を率いる立場にいた宮城は、その日広域指定暴力団組織の組長、生野孝信《しょうのたかのぶ》の本家屋敷への家宅捜索に駆り出されていた。

ここではあくまでも後方支援と、万一の暴動を抑える意味での出動だった。国家権力を盾に正義を貫き、悪の巣窟《そうくつ》ともいえる暴力団組織を徹底的に追い詰めることができればいい。いっそ壊滅に追いやってやりたいと腹の中では思っていたくらいだ。

とはいえ、あくまでも命令に忠実に動くことを一番に考えており、目立って手柄を狙っていたわけでもない。

そんな思いで屋敷の外回りを固めていた宮城だったが、しばらくして屋敷の中で家宅捜査をしている刑事に呼ばれた。この捜査を不満に思った構成員の一人が暴れたため取り押さえたので、署に連行するよう命令を受けたのだ。

すぐさま屋敷に飛び込んでいけば、刑事の手によって床にねじ伏せるように取り押さえられていた男が憤怒の形相でこちらを見た。宮城はそんな男にも微塵も恐れを感じることはなかった。

言われたとおり署に連行するため男に近づいていったとき、若手の刑事が一瞬気を緩めてしまった。その隙を見逃すことなく、男は獣のような雄叫びを上げて刑事の手を振り解き、屋敷の廊下を奥に向かって逃げていく。家宅捜査を邪魔しないならいっそどこへでも行ってくれていいのだが、警察の面子《メンツ》として公務執行妨害を見過ごすわけにはいかなかった。

男に突き飛ばされるとき腹に強烈な蹴りを受けた刑事はその場に蹲ったままなので、宮城があとを追ったものの、広い屋敷はまるで迷路のように入り組んでいる。

片っ端から襖を開けまくって、逃げた男の行方を追っていたときだった。奥座敷らしい場所の襖を開けると、そこにこの場所になんとも相応しくない母子の姿があった。

一瞬、自分がどこか違う場所に紛れ込んでしまったのかと、首を傾げそうになった。だが、そうではない。そこにいたのは前もって写真を見せられていた、生野孝信の妻と一人息子だった。

二人はこの事態をまったく予測していなかったように、ただ怯え抱き合ってその場にいた。生野孝信の妻は美しい女だった。しかし、その美貌に息を呑んだわけではない。宮城が目を奪われたのは、彼女にしっかりと抱き締められていた少年のほうだった。

怯えて今にも泣き出しそうになっているが、懸命に唇を噛み締めてこらえている。不安に打ち震えるその姿の儚さは、手を伸ばして触れようとすれば繊細なガラス細工《ざいく》のように粉々になって消えてしまいそうでさえあった。

そのとき、宮城の中で何かが動いた。まるで大地の奥深くの地殻が、ズズッとわずかにスライドするような感覚だった。そして、脳裏に白い稲妻のようなものが走った。いや、実際はそんな気がしただけだ。

この場所には「悪」と「穢れ」しかないと思っていた。だから、「正義」の名の下に一掃してやればいい。それくらいの気概で任務についたはずだった。なのに、ここにあるのは違う。

あの少年は「悪」ではないし、ましてや微塵の「穢れ」もない。それは、なんという言葉で表現すればいいのだろう。宮城は困惑の中にいて、しばし息をするのも忘れていた。

少年の母親は宮城を睨みながら、少年をさらに強く抱き寄せる。その気持ちはよくわかった。守りたい一心なのだ。彼女の気持ちを理解するとともに、そこに宮城の心が共鳴《きょうめい》した。

(この少年は守られるべき存在なのだ。なぜなら……)

なぜならと何度も心の中で繰り返す。なぜだ。なぜ、彼についてそう思うのだろう。

その場に立ち尽くしていた時間はけっして長くはなかった。だが、廊下の奥から組幹部の一人が逃げた男を捕まえて宮城のところへ連れてきたとき、それは突然脳裏に降りてきた。

少年は守られるべき存在なのだ。なぜなら、美しいからだ。言葉にできない「美」というものがそこにあった。宮城が生きてきた世界には存在しなかったものだ。

たとえば、道端に咲く花や雄大な自然を見れば美しいと思った。人間社会の中でも絶対的な秩序の下にある状態を美しいと宮城は思っていた。けれど、生身の人間に対して、「美」という意識を持ったことがない。

人は罪を犯す存在だ。それゆえに国家権力がそれを取り締まらなければならない。現に、自分は今そのためにここにいるはずだ。

組の幹部が逃げた男を宮城の元へ連れてきて詫びる。連行してもらって構わないと言ったのは、本家屋敷の家宅捜査の最中に揉め事を起こすような愚か者は、二、三日留置場で頭を冷やしてこいという意向だったのだろう。

宮城は労せずして男を捕まえ、屋敷を出て署に向かった。その役目は他の誰でもよかったけれど、そのときの宮城はすでに生野組への家宅捜査への興味とやる気を失っていた。心の中にあるのは、ただ一つ。震えるあの少年の姿だけだった。


成田《なりた》空港は建設当時ずいぶんと揉めて、デモだの立てこもりだの未買収の土地問題に関して、長らく負の歴史を背負ったままだった。

警察時代、機動隊の先輩に成田の闘争に駆り出された頃の話を聞かされたことがあり、宮城は今それを懐かしく思い出していた。

しかし、当時アジアの玄関口となる空港をという悲願で建てたものの、昨今ではまったく別の問題を抱えている。すでにアジアのハブ空港の地位はシンガポールや韓国《かんこく》に奪われた。

出発ロビーも、今宮城が立っている到着ロビーも、日本の玄関口にしてはひどく手狭で、まるでどこか市民病院の待ち合い室のような安っぽさが漂う。

それでも、人々はこの空港から旅立ち、またここへと戻ってくる。孝義もまた間もなくあの到着ゲートの向こうからカートを押して出てくるはずだ。

一年のイタリア留学は孝義本人の希望だった。最初は半年の予定だったが、それが一年に延びることは容易に想像がついた。だから、彼が日本を出るときから一年の不在は宮城にとって覚悟のうえだった。

もっとも、それ以上延びたなら、またこの心と体は孝義に飢えてしまう。そうとわかっていたから、無事この日を迎えたことは宮城にとっても大きな意味があった。

腕時計で時刻を確認すれば、午後の二時過ぎ。到着案内が表示されるモニターには、すでに「到着済」の文字が出ているのを確認して、今一度ゲートのほうを見る。

入国審査を終え荷物を受け取り、税関を通って出てくるには最低でもあと二十分はかかるだろう。そう思っていたとき、突然ゲートの向こうからカートを押した孝義が現れた。

夏は過ぎたとはいえ、まだ残暑の厳しい日本だった。白地にミントとピンクのストライプ柄のシャツにジーンズというでたちは涼しげでいて、そのくせ妙に垢抜けた印象だ。京都で学生をやっていたときには、わざと目立たない服装を選んでいるのかと思うほど地味だったが、一年間のイタリア留学で少しは洒落《しゃれ》っ気も身につけたらしい。

しかし、その性格が微塵も変わっていないとわかったのは、到着ロビーに出てきたもののすぐに宮城の姿を見つけられずひどく不安そうな表情になっていたからだ。

今日は孝義の父親は関東一円の系列組織の会合があり、どうしても空港へ迎えにくることができなかった。そういうとき、生野孝信が一人息子の身の回りのことを頼むのはきまって宮城なのだ。

去年、京都で起きた一連の事件の際、宮城が命がけで孝義を守り抜いたことにより組長の生野孝信からは多大な信頼を得た。それればかりでなく、本家の幹部の牛島《うしじま》や関東一円の各組織を束ねる若頭の立原《たちはら》にも重々礼を言われ、その立場を認めさせるに至った。

現在、生野組において孝義の世話をし、組織との仲介役になるのは宮城の大きな役割となっていた。

感謝をしてもらうのは一向に構わないが、宮城にしてみれば孝義の命を守るのは自分の命を守ることと同じだった。けれど、そんな気持ちはどんな言葉を使って説明しても、誰にも理解してもらえないとわかっているから口にしないだけだ。この気持ちを理解できるのは、すぐ目の前にいて、宮城の姿を見つけられず困惑して立ち尽くす孝義だけだろう。

宮城はそんな孝義の不安そうな様子をしばらく眺めていたが、やがて意地の悪い真似をしている自分は相変わらずだと苦笑を漏らす。そして、軽く手を上げた。

「孝義、こっちだ」

そう呼んでやると、孝義は迷子の子どものように不安げな目をこちらに向けた。そして、宮城の姿を見るなり安堵の吐息を漏らし、やがてはにかんだように微笑む。

その柔らかく美しい笑顔を見て、宮城は己の心の暗闇をいまさらのように思い出す。なぜ自分の心の中には「愛しい」という気持ちが欠落していたのだろう。誰もが普通に持っているだろうその感覚が、宮城にはなかった。

なのに、ある日突然宮城の中にそれが芽生えてしまったのだ。それは、孝義という天使にも似た美しい存在を介して宮城に与えられた啓示だった。

美しいものはこの世に存在する。その事実を知ったばかりの頃は、その「美」が命を持っていて、呼吸して動く姿を眺めているだけで幸せな気持ちを味わえた。一分一秒でも長く、その姿をこの目で見ていたいと思ったものだ。

そんな思いは孝義の成長とともに形を変えていき、いつしか彼が他の誰かに向かって微笑む姿を見ていることが苦痛となった。

あの美しい存在を自分だけのものにしたい。それは自分でも驚くほどの独占欲だった。その感覚もまたこれまでの人生で抱いたことのないもので、宮城を大いに困惑させたのだ。

そればかりか、孝義が美しい青年になっていくのを見ているうちに、この手で余すところなく触れてみたいという願望が心の中で渦巻くようになった。

誰も見たことのない孝義の表情が見たい。彼のすべてを知っておきたい。その声も吐息までも自分のこの手のうちにしておきたい。

『いっそ喰らい尽くしてやりたいっ』

そう思うようになって、宮城の中の「正義」は完全に崩壊した。この世の中で最も強く人々をかしずかせるものは「美」なのだ。その「美」の前に「正義」などひどく独りよがりで陳腐《ちんぷ》なものに思えた。

事実、孝義を手に入れて、宮城は気がついたのだ。

（これが孝義の言っていた愛というやつか……）

そして、自分は「愛」を知らずに育ち、ただひたすら「愛」に飢えていたのだといまさらのように思う。

荷物を載せたカートを横に置き、孝義が宮城の前に立った。このとき、宮城はあの美しい天使の名前はなんといっただろうかと考える。孝義の部屋で見つけた美術書にあった絵の天使だ。

だが、その名前を思い出す前に、孝義が少し頬を紅潮させて言う。

「ただいま」

戻るべき場所はわかっているから、必ず戻ると言った。孝義はその約束を守って戻ってきた。もう天使の名前などどうでもいい。

「元気そうだな」

それが宮城の口から出た、最初の言葉だった。そして、それ以上の言葉は思い浮かばない。

「宮城さんも元気そうでよかった。先月、父から幹部になったと聞きました。おめでとうございます」

めでたいのかどうかわからないが、とりあえず孝義の存在があるかぎり宮城は組を抜ける気はない。そこで少しでも自分の思いどおりに動くためには、幹部という地位は悪くない。

日本に帰ってきたといっても、孝義はまた京都の大学に戻ることになる。院に進み、やがてはそこで教鞭《きょうべん》を執《と》ることを目的としている。

特別な警護の理由がないかぎり、京都にいる孝義に張りついているわけにはいかないが、幹部となれば下っ端の兵隊よりも自由が利く。これからは孝義の存在に飢えたなら、京都へ行けばそこに愛しい存在がいるということだ。

「しばらく実家で過ごしたら、また京都に行きます。でも、これからはもう少し頻繁《ひんぱん》に東京に戻るようにします。やっぱり、父のことも心配ですし、それに……」

そのあとの言葉を濁した孝義だが、そっと宮城の腕に触れてくる手がすべてを物語っていた。一年間、自分の目の届かぬ場所にいたが、孝義の心は変わることはなかったようだ。そして、その手の感触が、宮城のこの一年の飢えを満たしてくれる。

「荷物はそれだけか？」

宮城はスーツケースやバッグの載ったカートを引き寄せてたずねる。一年いたわりには荷物が少ないと思ったが、向こうで手に入れた書物や資料などは船便で送ったという。

「あっ、そうだ。宮城さんにお土産があるんです」

イタリアの修道院が起源の由緒ある薬局が、現在は有名なトリレタリー関連商品を扱うショップになっており、そこで宮城に似合いそうなコロンを見つけたのだという。コロンなどは苦手でつけないが、孝義がせっかく買ってきてくれたのなら試してみてもいい。

「それに、もう一つ……。きっとこれは気に入ってくれると思います」

そう言って、ハンドキャリーで持ってきたバッグの中から四つ切りサイズのスケッチブックを取り出した。開いたページには透明なビニール袋に入っている一枚のポスター。折り曲がらないよう、大事に手荷物で持って帰ってきたのだという。

「これは、『ラ・テンペスタ』か……」

孝義の京都のマンションでこの絵を見たとき、何か不思議な符号を感じて奇妙な心持ちになった。孝義が言うには、ルネッサンス期の絵画の中でも最も謎の多い作品らしい。「不安」について、男と赤子を抱いた女と絵を鑑賞する三方の間で何らかの関係性があるという説明を読んだが、正直宮城にはどうでもいいことだった。

孝義はそれを興味深く思って研究しているようだが、絵のこともルネッサンスも自分には縁遠い世界だ。

けれど、この絵は奇妙だが嫌いではなかった。自分の中にある何か歪なものを映し出しているような気がするからだ。

孝義は絵の中で夢中で母親の乳を吸う赤子のように、今も無垢で美しい。そんな孝義を見つめ続け、守り続けることが自分にとっての生きている意味だと信じている。

人から見れば、孝義に出会ったことにより宮城の人生は失ったものばかりだと思うかもしれない。だが、宮城にしてみれば、孝義との出会いで自分はかけがえのないものを得た。

それは、己の人生においてけっして手には入らないと思っていたもの。その呼び名を恥ずかしげに「愛」だと教えてくれたのは、他でもない孝義だ。孝義もまた宮城との出会いでそれを手に入れたと言った。

そして、宮城は一年ぶりに愛する者の肩を抱く。細く儚げな少年の頃の印象のまま、孝義は今また自分のそばにいる。

そのとき、「愛」がこの手に戻ってきたのだと実感して、宮城は柄にもなく幸せな気分で笑みを漏らしてしまったのだった。

あとがき

世の中「無理が通れば道理引っ込む」というならば、「理不尽が重なれば愛に落ち着く」でもいいじゃありませんか。あくまでも、ちょっとやさぐれた気分でいるときの個人的な意見です。すみません……。

そんな関係もありやなしやの世界だと思いつつ、久々に無茶な男を書いてしまいました。というか、冷静になればなるほど無茶にもほどがあるだろうという男が宮城《みやぎ》です。

でも、孝義《たかよし》という人間は自分の非力を知っているがゆえに、頑強な鎧で己自身を守ってきた頑なな人間です。玄関をノックしても、インターフォンを押しても、彼は容易に心のドアを開けません。なので、彼を外の世界に引きずり出すためには、宮城のように強引に玄関ドアを蹴破る男が必要だったのだと思います。

将来は「その道馬鹿」タイプの典型となって芸大で教鞭を執るだろう孝義ですが、周囲はいつまでも独身の彼のプライベートに興味津々となるかもしれません。見合い話もくるかもしれません。でも、彼にはちゃんと十以上も年上のヤクザの恋人がいるというわけです。現実ではちょっと問題がありそうですが、この世界ではなかなかいい組み合わせだと思うのはわたしだけでしょうか。

イラストは葛西《かさい》リカコ先生が描いてくださいました。怖いほどの迫力の宮城と、はかなげでいて一皮めくるとエロい孝義をご堪能いただけたらと思います。イメージどおりの二人を水原《みずはら》自身も存分に楽しませていただきました。お忙しいスケジュールの中、ステキな絵をありがとうございました。心より感謝いたします。

さて、今年はオリンピックイヤーですが、スポーツの祭典はテレビでぼんやり見ていても楽しいものコですよね。でも、二、三種目ほど真剣になりすぎて、胃が痛くなる競技があったりしませんか？　わたしの場合は、女子バレーがそれです。普段の国内リーグはそれほど意識していないのに、なぜか世界大会やオリンピックになると燃える。完全に「そのときだけファン」なのですが、全日本のユニフォームを着たときの彼女らが美しすぎてステキ！　ただし、ちょっぴり実力が安定しないのが玉に瑕。勝つと上機嫌で鬱陶しい、負けるとふて腐れてさらに鬱陶しい。なので、試合のあった日は家族の誰もがわたしと視線を合わせてくれません。

近頃は試合の勝敗に気分が左右されすぎるのはどうかと思い、大一番という試合はあえて見ないでひたすら祈るという所業にいたっている状況です。そして、翌日のニュースを見て一人小躍りしたり打ちひしがれたり、時間差で身悶えるのはいいのか悪いのか……。

というわけで、オリンピックは楽しみですが、ちょっぴり胃が痛む日々かもしれません。そして、そんな精神状態で次作を書くわけですから、「どうすりゃいいの、教えて眞鍋《まなべ》監督」ってところでしょうか。そのiPadでわたしにもデータをください。次のネタのデータを……。

それでは、みなさんも気になる競技、ご贔屓の選手とチームの応援に燃えつつ、熱い夏を過ごしましょう。そして、秋には燃え尽き症候群で再会をお約束いたしましょう。

二〇一二年　六月

水原とほる

ルナノベルズ原稿募集

応募方法

応募資格	プロ・アマ問いません。
小説に関して	1ページ44文字×17行の縦書き(手書き不可)で100ページ以上の完結したオリジナルボーイズラブ小説。ただし商業誌未発表作品に限ります。 表紙に作品タイトル・ペンネーム・郵便番号・住所・氏名・年齢・電話番号・連絡可能時間を明記してください。 また400字程度のあらすじを添付してください。 本文にはノンブル（通し番号）をふり、右端上部をとめてください。
イラストに関して	カラーイラスト……人物を2名、ノベルズの表紙をイメージしたもの モノクロイラスト…スーツ、アラブ服、軍服など特殊な制服のなかから1つを着衣させたもの モノクロイラスト…ベッドシーン 各1点以上をオリジナルキャラクターでご応募ください。 ペンネーム・郵便番号・住所・氏名・年齢・電話番号・連絡可能時間を明記した別紙を添付してください。
その他応募上の注意	応募は下記宛先に郵送のみで受付いたします。 原稿は返却いたしませんので、必要な方は必ずコピーをお取りください。 採用の場合のみご連絡いたします。 選考についてのお電話でのお問い合わせはご遠慮ください。

宛先

〒173-8558　東京都板橋区弥生町77-3
株式会社ムービック　第6事業部　ルナノベルズ　編集部　宛

※個人情報は、ご本人の許可なく編集部以外の第三者に譲渡・提供することはありません。

ルナノベルズをお買い上げいただき
ありがとうございます。
この作品に対するご意見、
ご感想をお待ちしております。

〒173-8558　東京都板橋区弥生町 77-3
株式会社ムービック　第6事業部
ルナノベルズ編集部

LUNA NOVELS

ラ・テンペスタ

著者　水原とほる ©Tohru Mizuhara 2012
発行日　2012年7月6日　第1刷発行
発行者　松下一美
編集者　梅崎　光
発行所　株式会社ムービック
〒173-8558 東京都板橋区弥生町 77-3
TEL 03-3972-1992　FAX 03-3972-1235
http://www.movic.co.jp/book/luna/

ISBN 978-4-89601-849-3 C0293
Printed in JAPAN